阅读之前 没有真相

午夜文库

阿加莎·克里斯蒂
侦探小说

阿加莎·克里斯蒂
Agatha Christie (1890—1976)

无可争议的侦探小说女王,侦探文学史上最伟大的作家之一。

阿加莎·克里斯蒂原名为阿加莎·玛丽·克拉丽莎·米勒,一八九〇年九月十五日生于英国德文郡托基的阿什菲尔德宅邸。她几乎没有接受过正规的教育,但酷爱阅读,尤其痴迷于歇洛克·福尔摩斯的故事。

第一次世界大战期间,阿加莎·克里斯蒂成了一名志愿者。战争结束后,她创作了自己的第一部侦探小说《斯泰尔斯庄园奇案》。几经周折,作品于一九二〇年正式出版,由此开启了克里斯蒂辉煌的创作生涯。一九二六年,《罗杰疑案》由哈珀柯林斯出版公司出版。这部作品一举奠定了阿加莎·克里斯蒂在侦探文学领域不可撼动的地位。之后,她又陆续出版了《东方快车谋杀案》《ABC谋杀案》《尼罗河上的惨案》《无人生还》《阳光下的罪恶》等脍炙人口的作品。时至今日,这些作品依然是世界侦探文学宝库里最宝贵的财富。根据她的小说改编而成的舞台剧《捕鼠器》,已经成为世界上公演场次最多的剧目;而在影视改编方面,《东方快车谋杀案》为英格丽·褒曼斩获奥斯卡大奖,《尼罗河上的惨案》更是成为几代人心目中的经典。

阿加莎·克里斯蒂的创作生涯持续了五十余年,总共创作了八十余部侦探小说。她的作品畅销全世界一百多个国家和地区,累计销量已经突破二十亿册。她创造的小胡子侦探波洛和老处女侦探马普尔小姐为读者津津乐道。阿加莎·克里斯蒂是柯南·道尔之后最伟大的侦探小说作家,是侦探文学黄金时代的开创者和集大成者。一九七一年,英国女王授予克里斯蒂爵士称号,以表彰其不朽的贡献。

一九七六年一月十二日,阿加莎·克里斯蒂逝世于英国牛津郡沃灵福德家中,被安葬于牛津郡的圣玛丽教堂墓园,享年八十五岁。

阿加莎·克里斯蒂 侦探作品年表

波洛系列

1920	The Mysterious Affair at Styles	《斯泰尔斯庄园奇案》
1923	Murder on the Links	《高尔夫球场命案》
1924	Poirot Investigates	《首相绑架案》
1926	The Murder of Roger Ackroyd	《罗杰疑案》
1927	The Big Four	《四魔头》
1928	The Mystery of the Blue Train	《蓝色列车之谜》
1932	Peril at End House	《悬崖山庄奇案》
1933	Lord Edgware Dies	《人性记录》
1934	Murder on the Orient Express	《东方快车谋杀案》
1935	Three-Act Tragedy	《三幕悲剧》
1935	Death in the Clouds	《云中命案》
1936	The ABC Murders	《ABC谋杀案》
1936	Murder in Mesopotamia	《古墓之谜》
1936	Cards on the Table	《底牌》
1937	Dumb Witness	《沉默的证人》
1937	Death on the Nile	《尼罗河上的惨案》
1937	Murder in the Mews	《幽巷谋杀案》
1938	Appointment with Death	《死亡约会》
1938	Hercule Poirot's Christmas	《波洛圣诞探案记》
1940	Sad Cypress	《H庄园的午餐》
1940	One, Two, Buckle My Shoe	《牙医谋杀案》
1941	Evil Under the Sun	《阳光下的罪恶》
1943	Five Little Pigs	《五只小猪》
1946	The Hollow	《空幻之屋》
1947	The Labours of Hercules	《赫尔克里·波洛的丰功伟绩》
1948	Taken at the Flood	《顺水推舟》
1952	Mrs. McGinty's Dead	《清洁女工之死》
1953	After the Funeral	《葬礼之后》
1955	Hickory Dickory Dock	《山核桃大街谋杀案》
1956	Dead Man's Folly	《弄假成真》
1959	Cat Among the Pigeons	《鸽群中的猫》
1960	The Adventure of the Christmas Pudding	《雪地上的女尸》

阿加莎·克里斯蒂 侦探作品年表

1963　The Clocks《怪钟疑案》
1966　Third Girl《第三个女郎》
1969　Hallowe'en Party《万圣节前夜的谋杀》
1972　Elephants Can Remember《大象的证词》
1974　Poirot's Early Stories《蒙面女人》
1975　Curtain—Poirot's Last Case《帷幕》

马普尔小姐系列

1930　The Murder at the Vicarage《寓所谜案》
1932　The Thirteen Problems《死亡草》
1942　The Body in the Library《藏书室女尸之谜》
1943　The Moving Finger《魔手》
1950　A Murder Is Announced《谋杀启事》
1952　They Do It with Mirrors《借镜杀人》
1953　A Pocket Full of Rye《黑麦奇案》
1957　4.50 from Paddington《命案目睹记》
1962　The Mirror Crack'd from Side to side《破镜谋杀案》
1964　A Caribbean Mystery《加勒比海之谜》
1965　At Bertram's Hotel《伯特伦旅馆》
1971　Nemesis《复仇女神》
1976　Sleeping Murder《沉睡谋杀案》
1979　Miss Marple's Final Cases《马普尔小姐最后的案件》

其他系列及非系列

1922　The Secret Adversary《暗藏杀机》
1924　The Man in the Brown Suit《褐衣男子》
1925　The Secret of Chimneys《烟囱别墅之谜》
1929　Partners in Crime《犯罪团伙》
1929　The Seven Dials Mystery《七面钟之谜》
1930　The Mysterious Mr. Quin《神秘的奎因先生》
1931　The Sittaford Mystery《斯塔福特疑案》
1933　The Witness for the Prosecution and Other Stories《控方证人》
1934　Why Didn't They Ask Evans?《悬崖上的谋杀》

阿加莎·克里斯蒂 侦探作品年表

1934　The Listerdale Mystery《金色的机遇》
1934　Parker Pyne Investigates《惊险的浪漫》
1939　Murder Is Easy《逆我者亡》
1939　And Then There Were None《无人生还》
1941　N or M?《桑苏西来客》
1944　Towards Zero《零点》
1945　Sparkling Cyanide《闪光的氰化物》
1945　Death Comes as the End《死亡终局》
1949　Crooked House《怪屋》
1950　Three Blind Mice and Other Stories《三只瞎老鼠》
1951　They Came to Baghdad《他们来到巴格达》
1954　Destination Unknown《地狱之旅》
1958　Ordeal by Innocence《奉命谋杀》
1961　The Pale Horse《灰马酒店》
1967　Endless Night《长夜》
1968　By the Pricking of My Thumbs《煦阳岭的疑云》
1970　Passenger to Frankfurt《天涯过客》
1973　Postern of Fate《命运之门》
1991　Problem at Pollensa Bay《神秘的第三者》
1997　While the Light Lasts《灯火阑珊》

出版前言

纵观世界侦探文学一百七十余年的历史，如果说有谁已经超脱了这一类型文学的类型化束缚，恐怕我们只能想起两个名字——一个是虚构的人物歇洛克·福尔摩斯，而另一个便是真实的作家阿加莎·克里斯蒂。

阿加莎·克里斯蒂以她个人独特的魅力创造着侦探文学史上无数的传奇：她的创作生涯长达五十余年，一生撰写了八十余部侦探小说；她开创了侦探小说史上最著名的"黄金时代"；她让阅读从贵族走入家庭，渗透到每个人的生活中；她的作品被翻译成一百多种文字，畅销全球一百五十余个国家，作品销量与《圣经》《莎士比亚戏剧集》同列世界畅销书前三名；她的《罗杰疑案》《无人生还》《东方快车谋杀案》《尼罗河上的惨案》都是侦探小说史上的经典；她是侦探小说女王，因在侦探小说领域的独特贡献而被册封为爵士；她是侦探小说的符号和象征。她本身就是传奇。沏一杯红茶，配一张躺椅，在暖暖的阳光下读阿加莎的小说是一种生活方式，是惬意的享受，也是一种态度。

午夜文库成立之初就试图引进阿加莎的作品，但几次都与版权擦肩而过。随着午夜文库的专业化和影响力日益增强，阿加莎·克里斯蒂的版权继承人和哈珀柯林斯出版公司主动要求将版权独家授予新星出版社,并将阿加莎系列侦探小说并入午夜文库。这是对我们长期以来执着于侦探小说出版的褒奖,是对我们的信任与鼓励,更是一种压力和责任。

新版阿加莎·克里斯蒂作品由专业的侦探小说翻译家以最权威的英文版本为底本,全新翻译,并加入双语作品年表和阿加莎·克里斯蒂家族独家授权的照片、手稿等资料,力求全景展现"侦探女王"的风采与魅力。使读者不仅欣赏到作家的巧妙构思、离奇桥段和睿智语言,而且能体味到浓郁的英伦风情。

阿加莎作品的出版是一项系统工程,规模庞大,我们将努力使之臻于完美。或存在疏漏之处,欢迎方家指正。

新星出版社
午夜文库编辑部

Agatha Christie

Over the next few years, we plan to celebrate two very important Agatha Christie anniversaries. In 2015, it is the 125th anniversary of her birth in Torquay, South Devon, England, and in 2020 it will be 100 years after her first book, THE MYSTERIOUS AFFAIR AT STYLES, featuring her famous detective, Hercule Poirot, was published. This is therefore a very appropriate moment to publish a new edition of her works, and I am delighted that HarperCollins has chosen to work with New Star on these new editions. New Star is China's top crime publisher, and has a strong and dedicated editorial staff and a continued passion for Agatha Christie, making them the ideal partner. It is the right time to make these classic books available in modern translations and so to bring Agatha Christie's books anew to her many fans in China, giving them a new reason to re-read these much-loved stories, as well as introducing them to a whole new audience. How delighted Agatha Christie would have been that her stories (as she called them) are still giving so much pleasure to so many people all over the world!

I think there are two very remarkable things about Agatha Christie's stories. The first is that they are so adaptable. It doesn't really matter which language they appear in, the stories and the plots still give the same thrill, still provide the same puzzles, and the characters still have the same attraction. Readers in China will I am sure enjoy Hercule Poirot and Miss Marple just as much as we do in England, and readers in China will still be transfixed by the surprises and horrors of AND THEN THERE WERE NONE, one of the great classics of 20th century detective fiction, as we are here.

Agatha Christie

The second is that the stories give a wonderful picture of England, particularly rural England, at the time Agatha Christie lived. She wrote books from 1920 until 1970 but it is sometimes hard to tell which part of her life each book was written in. Her characters and the life they lived were very much the same. The life we all live is changing very quickly these days but "the Agatha Christie world" stays the same. Perhaps the Miss Marple stories provide the best example of this, and in some ways THE BODY IN THE LIBRARY and NEMESIS are quite similar, despite the fact that thirty years elapsed between the time they were written.

Perhaps I might end by mentioning three Agatha Christies (other than the ones mentioned above) which I think demonstrate why she is so popular, even in the twenty-first century. The first is MURDER ON THE ORIENT EXPRESS, one of the most famous with one of the most ingenious and human plots. Next read this on one of your long train journeys in China! Next is A MURDER IS ANNOUNCED, a Miss Marple which was her 50th book. It has my favourite murderer in it! And last is ENDLESS NIGHT a story about evil and how it affects three young people, written at the time when I knew her best, and understood how deeply she cared and sympathised with young people and the world they lived in.

Whichever are your favourites I hope you enjoy these stories that New Star are introducing to you again. I think it is a great publishing event.

Mathew Prichard
Grandson of Agatha Christie
Chairman of Agatha Christie Ltd

致中国读者

(午夜文库版阿加莎·克里斯蒂作品集序)

在未来的几年中,我们将要筹备两个非常重要的关于阿加莎·克里斯蒂的纪念日。二〇一五年是她的一百二十五岁生日——她于一八九〇年出生于英国的托基市;二〇二〇年则是她的处女作《斯泰尔斯庄园奇案》问世一百周年的日子,她笔下最著名的侦探赫尔克里·波洛就是在这本书中首次登场。因此,新星出版社为中国读者们推出全新版本的克里斯蒂作品正是恰逢其时,而且我很高兴哈珀柯林斯选择了新星来出版这一全新版本。新星出版社是中国最好的侦探小说出版机构,拥有强大而且专业的编辑团队,并且对阿加莎·克里斯蒂的作品极有热情,这使得他们成为我们最理想的合作伙伴。如今正是一个良机,可以将这些经典作品重新翻译为更现代、更权威的版本,带给她的中国书迷,让大家有理由重温这些备受喜爱的故事,同时也可以将它们介绍给新的读者。如果阿加莎·克里斯蒂知道她的小故事们(她这样称呼自己的这些作品)仍然能给世界上这么多人带来如此巨大的阅读享受,该有多么高兴啊!

我认为阿加莎·克里斯蒂的作品有两个非常重要的特征。首先它们是非常易于理解的。无论以哪种语言呈现,故事和情节都同样惊险刺激,呈现给读者的谜团都同样精彩,而书中人物的魅力也丝毫不受影响。我完全可以肯定,中国的读者能够像我们英国人一样充分享受赫尔克里·波洛和马普尔小姐带来的乐趣;中国读者也会和我们一样，读到二十世纪最伟大的侦探经典作品——比如《无人生还》——的时候，被震惊和恐惧牢牢钉在原地。

第二个特征是这些故事给我们展开了一幅英格兰的精彩画卷，特别是阿加莎·克里斯蒂那个年代的英国乡村。她的作品写于二十世纪二十年代至七十年代间，不过有时候很难说清楚每一本书是在她人生中的哪一段日子里写下的。她笔下的人物，以及他们的生活，多多少少都有些相似。如今，我们的生活瞬息万变，但"阿加莎·克里斯蒂的世界"依旧永恒。也许马普尔小姐的故事提供了最好的范例：《藏书室女尸之谜》与《复仇女神》看起来颇为相似，但实际上它们的创作年代竟然相差了三十年。

最后，我想提三本书，在我心目中（除了上面提过的几本之外）这几本最能说明克里斯蒂为什么能够一直受到大家的喜爱。首先是《东方快车谋杀案》，最著名，也是最机智巧妙、最有人性的一本。当你在中国乘火车长途旅行时，不妨拿出来读读吧！第二本是《谋杀启事》，一个马普尔小姐系列的故事，也是克里斯蒂的第五十本著作。这本书里的诡计是我个人最喜欢的。最后是《长夜》，一个关于邪恶如何影响三个年轻人生活的故事。这本书的写作时间正是我最了解她的时候。我能体会到她对年轻人以及他们生活的世界关心至深。

现在新星出版社重新将这些故事奉献给了读者。无论你最爱的是哪一本，我都希望你能感受到这份快乐。我相信这是出版界的一件盛事。

阿加莎·克里斯蒂外孙

阿加莎·克里斯蒂有限责任公司董事长

马修·普理查德

二〇一三年二月二十日

阿加莎·克里斯蒂侦探作品集 ⑥⑥

死亡终局
Death Comes as the End

[英] 阿加莎·克里斯蒂 著
元天瑶 译

新 星 出 版 社　NEW STAR PRESS

人物表

伊莎：祖母
伊姆霍特普：父亲，大祭司
亚沙伊特：已逝的母亲
诺芙瑞：妾

亚莫斯：长子
莎蒂比：亚莫斯的妻子
索贝克：次子
凯特：索贝克的妻子
雷妮森：女儿
泰蒂：雷妮森的女儿
凯伊：雷妮森的丈夫，已逝
伊彼：小儿子

赫妮：家里的老管家
霍里：管理员，记录员
卡梅尼：二等书记员

目录

1 　前言

3 　**第一部分　洪水泛滥季**
5 　第一章　第二个月　第二十天
17 　第二章　第三个月　第四天
27 　第三章　第三个月　第十四天
35 　第四章　第三个月　第十五天
43 　第五章　第四个月　第五天

51 　**第二部分　冬季**
53 　第六章　第一个月　第四天
62 　第七章　第一个月　第五天
69 　第八章　第二个月　第十天
86 　第九章　第四个月　第六天

97 　**第三部分　夏季**
99 　第十章　第一个月　第十一天
113 　第十一章　第一个月　第十二天
119 　第十二章　第一个月　第二十三天
125 　第十三章　第一个月　第二十五天
137 　第十四章　第一个月　第三十天
147 　第十五章　第二个月　第一天
175 　第十六章　第二个月　第十天
185 　第十七章　第二个月　第十五天
201 　第十八章　第二个月　第十六天
211 　第十九章　第二个月　第十七天

前言

　　这本书里的故事发生在公元前两千年左右的古埃及尼罗河西岸的底比斯城。时间和地点相对这本书的故事来说都是随之附带的，任何其他的时间和地点在这里也都可以说得通。但由于故事中的人物、情节和灵感都源自美国纽约市大都会艺术博物馆埃及探险队一九二〇年到一九二一年在勒克瑟彼岸一个石墓里的发现，以及巴提斯坎·冈恩教授翻译并发表在博物馆馆刊上的埃及第十一王朝的两三封信，所以我决定以这种形式将故事写出来。

　　有兴趣的读者可能会注意到书中涉及祭祀捐赠产业，这是古埃及文明中的一项日常活动，原则上和中世纪的祈福捐赠非常类似。财产遗赠是给大祭司的一项回报，以期他能维护遗赠者的墓园，每年按时祭祀上供，以帮助祈求死者灵魂安息。

　　在古埃及文书中的"兄弟姐妹"之称，通常表示的是与爱人之间的相互称呼，也就是"丈夫""妻子"。本书中的人物会经常以这种形式相互称呼。

　　在古埃及历中，一年分为三个季节，每个季节有四个月，三十天为一个月，构成了农民生活的背景，另外在每年年末附加五个闰日，用来做官方一年三百六十五天的年历。古埃及人把埃及尼罗河洪水泛滥季（依照我们的历法是七月的第三个星期）作为这个"年"的起始；但由于缺乏闰年，使得古埃及的"年"经过几个世纪就落后下来。因此在我们故事发生的时间里，官方的新年年历比古埃及农历早了大约六个月，也就是说，是在一月而不是七月。然而为了方便读者的阅读，省得总是要扣除掉这六个月，章首所用日期是依照埃及农历计算的，也就是说，尼罗河洪水泛滥季（七月末至十一月末），冬季（十一月末至三月末），以及夏季（三月末至七月末）。

一九四四年　阿加莎·克里斯蒂

第一部分　洪水泛滥季

第一章
第二个月 第二十天

雷妮森凝望着尼罗河。

她隐约能够听到远处她的两个哥哥，亚莫斯和索贝克，高声谈论着某处河堤是否需要加固的声音。索贝克的声音一如既往地高昂，充满自信，他陈述观点的时候总是轻松而肯定。亚莫斯的声音低沉，带有一丝喃喃的抱怨，话语中表露出怀疑与不安。亚莫斯总是对任何事都表现得很焦虑。他是家中的长子，因此当父亲不在家要去远在北边的庄园时，农田的管理权或多或少都会落在他的手里。亚莫斯行动缓慢且谨慎，总喜欢把简单的东西复杂化。他是一个身材笨重又行动迟缓的人，全然没有索贝克的那种欢乐和自信。

从雷妮森儿时开始，她就听惯了她的两个哥哥这样争论各种事情。这会让她突然有一种安全感……她又一次回家了。是的，她回家了。

然而当她再次望向那银光闪烁的河面时，内心的叛逆与悲痛却再度升起。凯伊，她年轻的丈夫，已经去世了……带着他满脸的笑容与壮实的肩膀永远地离开了她。凯伊随着冥王奥西里斯去了死人的国度——而她，雷妮森，他最心爱的妻子，却被孤单地留在人世。他们一起生活了八年。她跟他离开这里的时候不过是一个半大的孩子,而现在她却带着凯伊的孩子,泰蒂,以寡妇的身份再次回到自己父亲的家中。

此时,她感觉自己似乎从未离开过这里……

她由衷地接受这种感觉。

她要忘掉那八年,忘掉那充满了无数幸福的时光,也忘掉那被失去与痛苦毁掉的时光。

是的,忘掉它们,把它们从自己的心中抹去。再次成为原来的雷妮森,大祭司伊姆霍特普的女儿,无忧无虑,漫不经心的小女孩。丈夫的爱如此残忍,用甜蜜的外衣欺骗了她。她想起丈夫那健壮的古铜色肩膀,那充满欢笑的嘴……而现在,凯伊已经被涂上香料,全身裹扎布条,在护身符的庇护下迈向另一个世界了。这个世界上再也没有那个在尼罗河上扬帆,在阳光下欢笑着捕鱼,在她舒服地躺在船上将小泰蒂放在腿上时,会回过头来对她微笑的凯伊了。

雷妮森想:

我不要再想这些了,一切都过去了!这儿才是我的家。这里的一切都和原来一样。我,也是最初的那个我,一切都会和以前一样。泰蒂都已经忘了。她现在正在和孩子们开心地玩耍。

雷妮森猛地转过身去,朝着家的方向走去,路上遇到了一群载货的驴子正在被驱往河堤。她经过谷仓和库房,穿过大门,走向庭院。庭院的环境总是让人感到很愉快。这儿有一座人工修建的小湖,四周被盛开的夹竹桃和茉莉以及无花果树围绕着。泰蒂和其他的孩子们正在这里嬉戏,整个庭院充斥着孩子们尖锐清晰的叫喊声。他们正在湖边的一栋小屋里跑进跑出。雷妮森发现泰蒂正在玩那只一拉绳子嘴巴就会一张一闭的小木狮,那是她小时候最爱的玩具。她再度感激地想道:我回家了……这里什么都没变,一切一如既往。这里的生活是安全、持续、永远不会改变的。泰蒂是这些孩子中的一个,她是关在家庭围墙内众多母亲中的一个……而这一切的构成,事物最本质的东西,是不会变的。

此时,孩子们玩的一个球滚落到她的脚边,她捡起来扔了过去,冲他们笑出了声。

雷妮森穿过立着亮色柱子的门廊,然后走进屋里,越过用彩色荷花和罂粟花装饰的中央大厅,走到妇女们活动的内室。

高昂的谈话声传进她的耳朵,她停了一下,回味着这往日熟悉的声响。莎蒂彼和凯特,还是一样在争论!那是再熟悉不过的莎蒂彼的声音,高昂、跋扈、盛气凌人。莎蒂彼是她哥哥亚莫斯的妻子,一位高个子、精力充沛、嗓门很大的妇人,俊俏的外表下是强硬的掌控欲。她总是不停地制定戒律,威吓仆人,到处找别人的碴儿,凭着她的谩骂和强硬的个性让他们完成一些不可能做到的工作。每个人都怕她那副大嗓门,没命似的去完成她的命令。亚莫斯自己倒是很钦佩他这做事坚决、精力旺盛的妻子,虽然他那任凭自己被她欺凌的样子经常叫雷妮森看着生气。

在莎蒂彼那高亢嗓门的停顿之间,雷妮森可以听到凯特那平静而又固执的声音。凯特的丈夫是英俊快活的索贝克,她是一位脸盘宽阔、相貌平平的妇人。她一心一意地将自己奉献给子女,很少考虑或谈及任何事情。在争执中,她总是用平静、固执且不为所动的语气,重复她最初的观点。她既不热情也不冲动,除了她自己的立场,其他一概不加考虑。索贝克极度依恋他的妻子,什么事情都跟她说。因为他知道她是安全的,她总是表现得像是在认真聆听,适度地表达自己的看法,随后把那些不中听的话忘掉,因为她的心里早就被子女的问题占满了。

"要我说的话,这简直是侮辱,"莎蒂彼大吼道,"只要亚莫斯还有一丝男子气概,一定一刻都不会容忍!伊姆霍特普不在的时候是谁帮他管理这里?亚莫斯!而我作为亚莫斯的妻子,理所应当要让我先选这些编织地毯和垫子。黑奴编的那块河马样式的应该——"

凯特深沉的声音插话道:"不,不行,我亲爱的小家伙,不许咬娃娃的头发。看,这儿有更好的,一块糖果,哦,真好吃……"

"还有你,凯特,你太没礼貌了,你甚至都没听我在说什么,也不回答,你这种态度可真恶劣。"

"蓝色的那块垫子一直都是我的,哦,快看小安可,她正在试着走路呢……"

"你和你的孩子一样笨,凯特,这说明了很多问题!你可别想就这样逃避问题。我告诉你,这是我的权力!"

雷妮森被身后悄悄靠近的脚步声吓了一跳。她转过身,看见了那个总能让她涌生出厌恶之情的老妇人。赫妮正站在她身后。

赫妮瘦瘦的脸上堆出如往常一样扭曲的笑容。

"你一定会觉得这里和以前一样,什么都没变,雷妮森。"她说,"我都不知道我们是怎么忍受莎蒂彼那副嗓门的!当然,凯特可以顶嘴。我们可就没那么幸运了!我知道我的地位,我希望……我感激你父亲给我的住处、食物还有衣服。啊,他是个好人,你的父亲。而我总是在尽我所能地工作。我不停地工作。东奔西忙,却不能指望得到什么感恩或感激。如果你亲爱的母亲还在世的话,情况可就不一样了。她很欣赏我。我们就像姐妹一样!她是个漂亮的女人。不管怎么说,我已经尽职尽责,守住了我对她的承诺。'照顾好孩子们,赫妮。'她临死前这么跟我说。

而我一直信守诺言。我一直为你们当牛做马,从没想过获得感激。既没要求过也从没得到过!'只不过是老赫妮,'大家都说,'她什么都不算。'没有人感谢过我。他们为什么要感谢我呢?我只不过是尽力帮上忙,如此而已。"

说完,她就像只鳗鱼一样从雷妮森的身边溜过去,钻进了内室。

"说到这些垫子,不好意思,莎蒂彼,我碰巧听到索贝克说……"

雷妮森离开了这里。她往日对赫妮的厌恶之情油然而生。可笑的是大家都很讨厌赫妮!讨厌她那没完没了的牢骚声,永无止境的自怨自艾和蓄意的煽风点火。

唉,算了,雷妮森想,那又如何?她觉得,这大概是赫妮自娱自乐的一种方式。生活对于她来说一定太沉闷了。事实上,她确实像个苦力一样不停地工作,而且没人感激她。因为你根本无法感激赫妮。她总是不停地跟别人诉说自己的功绩,让你一点儿都提不起感激之情。

赫妮,雷妮森想,注定是那种将自己奉献出去却没有人会愿意为她付出什么的人。虽然她长相不吸引人,脑子又笨,但她总是知道正在发生的事情。她悄无声息的走路方式,灵敏的耳朵和锐利的眼睛,让一切秘密在她面前都无所遁形。有时她会把知道的事情藏在心里,有时也会把这些事悄悄告诉一个又一个人,然后满意地静观其果。

这间屋子里的每个人都曾请求过伊姆霍特普摆脱掉赫妮,但是伊姆霍特普从不听这些话。他或许是唯一喜欢她的人,而她回报他的是让全家其他人都反感的那种过度奉献。

雷妮森站在那里犹豫了一会儿,赫妮掺和进去煽风点火后,她两个嫂子的吵嚷声也越来越高亢了。然后她缓步走向祖母伊莎的小房间。伊莎正独自坐在那里,身边有两个黑奴女孩在服侍她。她一边认真审视着她们展示给她的亚麻布衣裳,一边用某种颇具特色的、友善的语气埋怨着她们。

是的,一切都还是老样子。雷妮森默默地站在那里,静静地听着。老伊莎似乎比以前更佝偻了一些,然而她说话的语调和语气还是丝毫未变,跟八年前雷妮森离开这里时一样……

雷妮森又悄悄地溜了出去,老妇人和两个黑奴女孩都没有注意到她。有那么几秒钟,雷妮森在开着的厨房门前停了一下。里面飘出一股烤鸭的香味和一阵笑骂声。厨房里还有一大堆蔬菜等着仆人们去处理。

雷妮森眯着眼,静静地站在那里。从她站的地方可以听到各种不同的声音:厨房的嘈杂声,老伊莎高昂尖锐的指挥声,莎蒂彼刺耳的说话声混杂着凯特那细弱、深沉而又连绵不断的低音。各种女人的声音——闲扯、说笑、抱怨、责骂、尖叫……

突然之间,雷妮森觉得自己被这些顽固、喧嚷的女人所包围,透不过气来,妇女……嘈杂、喧嚷的妇女!一屋子的妇女……从不平静,从不安宁……总是在不停地闲聊、叫嚷,只说……不做!

而凯伊……凯伊安静而警觉地站在他的船上,他把全部的心思都注入他即将投矛而刺的鱼身上……从来没有这种喋喋不休,这种忙乱,这种无休止的大惊小怪。

雷妮森飞速地走出屋子,将自己投入温暖而清朗的安宁中。她看见索贝克从田里回来了,同时远远地看到亚莫斯朝着山上墓室的方向走去。

她转身踏上去往墓室的石灰岩断崖小路,那是伟大高贵的梅瑞普塔的坟墓，而他们的父亲是负责看管维护的祭司。所有的庄园和土地都属于这里的祭祀产业。

父亲不在家的时候，祭司的责任便落在了她哥哥亚莫斯的身上。当雷妮森沿着陡峭的小路慢慢往上走，快到达那里时，看见亚莫斯正在墓室旁的小石室里，跟她父亲的记录员霍里讨论着什么。

霍里的膝上摊着一张莎草纸，亚莫斯和他正俯身看着。

雷妮森走过去的时候，亚莫斯和霍里都对她微微一笑，她坐在他们附近的一片阴凉下。她一向很喜欢哥哥亚莫斯。他对她既温柔又充满关爱，而且总是带着温顺、友善的气息。霍里也总是对小雷妮森很好，小时候还帮她修理玩具。她离开这里时，他已是个严肃、沉稳的年轻人，有着灵敏慧巧的双手。雷妮森心想，尽管他看着比以前老了一些，却没什么大的变化。他的那种庄重的微笑同她记忆中的一样。

亚莫斯和霍里在一起默默低语："小伊彼有七十三蒲式耳大麦……"

"那么总数是小麦二百三十，大麦一百二十。"

"是的，但是还有木材的价钱，以及在佩哈用农作物换成的油……"

他们的谈话还在继续。雷妮森在男人们的低语声中满足地坐着，昏昏欲睡。过了一会儿，亚莫斯站了起来，把那张莎草纸卷成一卷交还给霍里并离开。

雷妮森在和悦的寂静中坐着。

过了一会儿，她摸了摸那张莎草纸问道："这是我父亲寄来的？"

霍里点了点头。

"上面写了什么?"她好奇地问道。

她展开草纸卷,注视着上面那些对于不识字的她来说毫无意义的符号。

霍里微微一笑,头探到她的肩膀前,一边用手指点着一边念。这封信是以赫拉克勒波利斯职业书信的格式,用华丽的文体写成的。

庄园的仆人,伊姆霍特普对你们致以问候,

愿你们身体健康,长命百岁。愿赫利沙夫神、赫拉克勒波利斯神以及众神都保佑你们,愿普塔神①佑你心情愉快。儿子问候母亲,作为祭司对他母亲伊莎说,您好吗?是否平安康健?对全家人说,你们都好吗?对我的儿子亚莫斯说,你过得怎么样?是否平安康健?充分利用我的土地,尽你最大的力量去埋头苦干。你知道,如果你勤勉,我将为你赞美天——

雷妮森大笑道:"可怜的亚莫斯,他工作得够卖力了!"

父亲的训诫令她眼前浮现出了生动的形象:他一脸自负、难以取悦,并孜孜不倦地说着一些告诫训示的话。

霍里继续念道:

照顾好我的小儿子伊彼,我听说他很不满。同时记得让莎蒂彼善待赫妮。记住,不要忘记回信告诉我亚麻布和油的事情。确保我谷梁的收成,保护好我的一切,因为我

---

①普塔神:造物神,工匠与艺术家的守护神。

已将责任交付予你。如果我的土地遭受洪水，责难将降临到你和索贝克身上。

"父亲还是老样子。"雷妮森高兴地说，"总是认为他不在家的时候家里什么事情都做不好。"

她把那卷莎草纸随手扔到一边，然后轻柔地说："一切都还是老样子……"

霍里缄默不语。

他拿起一张草纸，开始在上面写字。雷妮森慵懒地看着他。她感到很满足，以至于此刻不想再说什么。

过了一会儿，她崇拜地说道："知道怎么在草纸上写字真好，为什么大家不都去学着写写呢？"

"没有那个必要。"

"没必要？也许吧，但那一定很有意思。"

"是吗，雷妮森？学不学对你而言有什么区别？"

雷妮森想了一会儿，然后慢慢地说："你这样问我，我倒真不知该怎么回答了，霍里。"

霍里说："就目前而言，一整片庄园有几个记录员就够了，但我想也许有一天，整个埃及都会有许许多多的记录员。"

"那肯定很不错！"雷妮森说。

而霍里缓缓地答道："这我可不太确定。"

"为什么？"

"因为，雷妮森，仅仅写下十蒲式耳大麦，或一百头牛，或者十亩麦田这样的句子，是件不费吹灰之力的事情。而那些写下来的东西看似拥有了实际意义，于是写字的人就会轻视耕种劳作的人。但麦田和牲畜都是真实存在的，它们可不只是莎草纸上的笔墨。所以，即使所有的记录和草卷都被毁掉，记录员都被驱走，只要那些耕作收割的人还在，埃及也就能得以继续存在。"

雷妮森认真地看着他，然后缓缓地说："是的，我明白你的意思。只有那些可以看到、摸到、吃到的东西才是真实的……仅仅写下'我有二百四十蒲式耳大麦'这样的句子没有任何意义，除非你真的有这么多大麦。而且人们是可以写下谎言的。"

霍里冲一脸认真的雷妮森笑了笑。她突然说："很久以前，你帮我修好了我的玩具狮子，你还记得吗？"

"是的，我记得。雷妮森。"

"泰蒂现在正在跟它玩呢……就是那只狮子。"

她停顿了一下，然后真诚地说："凯伊离世的时候我非常难过。但是现在我已经回家了，我又会变得很快乐，然后忘记那些不愉快。因为这里的一切都还是老样子，什么都没有变。"

"你真的这样认为吗？"

雷妮森敏锐地看着他。

"你这话是什么意思，霍里？"

"我的意思是，一切都在不停地变化。八年就是八年了。"

"这儿什么也没变。"雷妮森自信地说道。

"也许吧，但本该是有变化的。"

雷妮森尖声说道："不，不，我还是想要一切和原来一样。"

"但是当你随凯伊离开这里时，就已经不再是原来的自己了。"

"我是！即使不是，我也很快就能变回原来的那个自己。"

霍里摇了摇头。

"你回不去了，雷妮森。就像我这份计算。我拿出一半，再加上四分之一，然后再加上十分之一，然后再加上二十四分之一……到最后，你看，加在一起它完全是不同的数量。"

"但我只是雷妮森。"

"但雷妮森也会不停吸收新事物，因此她总是不一样的雷妮森！"

"不，不，你就是原来的那个霍里。"

"你可能这样认为，但实际上他已经不是了。"

"是的，是的。亚莫斯还是和原来一样忧虑焦躁，莎蒂彼依然欺负他，而她和凯特也和原来一样会为了垫子和珠子的事争吵，然后等我一会儿回去的时候她们一定又会在一起说说笑笑，又成了好朋友。赫妮还是那样蹑手蹑脚地到处偷听别人说话、发牢骚、向别人吐苦水，说她是多么无私地为大家奉献。而我祖母仍然为了亚麻布和她的女仆喋喋不休！一切都是老样子。等过一阵子，父亲回来之后，会有一些大惊小怪的唠叨。他会说：'为什么你没有这样做？'还有'你应该那样做。'然后亚莫斯会看上去一脸忧愁，而索贝克却会哈哈大笑，摆出一副桀骜不驯的样子。父亲还是会那么宠着现在已经十六岁了的伊彼，仍像八岁时那样宠他，任何事情都和原来没什么不同！"她停顿下来，呼吸略有些局促。

霍里叹了口气，然后轻声说道："你不明白，雷妮森。有一种邪恶来自外部，当它侵袭而来的时候，所有人都看得到；然而还有一种邪恶滋生于内部。表面上风平浪静，却会日复一日地慢慢滋长，直到最后，整个果实都被病害吞噬、腐烂之后，才被人们发现。"

雷妮森注视着他，他心不在焉地说着这些话，好像是在对她说，但更像是一个陷入沉思中的人的自言自语。

她尖声叫道："你这是什么意思，霍里？你吓到我了。"

"我自己也很害怕。"

"但你说的到底是什么意思,霍里?你说的邪恶是什么?"

他看着她,微微一笑。

"忘掉我说的话吧,雷妮森。我是在想那些破坏农作物的病害。"

雷妮森松了口气。

"我很开心……我觉得……我不知道我该怎么想。"

第二章
第三个月 第四天

1

莎蒂彼正在跟亚莫斯说话，她的声音高亢刺耳，而且从来如此。

"要我说，你必须有自己的主见！除非你坚持自己的立场，否则永远不会受到重视。你父亲说你必须这样或那样做，质问你为什么不做。而你只是逆来顺受地听着，不停地接受他的话。还要为他说了你却没做到的事情道歉，可是天晓得他说的那些事大部分都是不可能做到的！你父亲把你当孩子一样看待，一个年轻而又不负责任的孩子！在他眼里你简直跟伊彼一样大。"

亚莫斯平静地说："我父亲一点也没有像对待伊彼那样对我。"

"确实没有。"莎蒂彼狠狠地抓住了这个话题，"他那样对待那个被宠坏的臭小子，简直愚蠢至极！伊彼一天比一天难对付，他一天到晚四处闲逛，连些力所能及的事情都不做，还装出一副别人要他做的事对他来说都太辛苦了的模样！真是可耻！而这都是因为他知道父亲总会纵容他、袒护他。你和索贝克对此都应该采取强硬态度！"

亚莫斯耸了耸肩。

"那又有什么好处呢？"

"你真是要把我逼疯了，亚莫斯，你总是这样！没有一丝阳刚之气，总是像个女人一样温顺！不管你父亲说什么你都立刻同意。"

"我很爱我父亲。"

"是的。而且他利用了这一点！你一直和颜悦色地接受他的指责，为一些错不在你的事而道歉！你应该像索贝克那样开口反驳，索贝克谁都不怕！"

"是的，但你记住，莎蒂彼，我父亲信任的是我而不是索贝克，我父亲对索贝克不抱任何希望，任何事都是由我来判断的，而不是索贝克！"

"所以你才更应该成为产业合伙人呀！你在你父亲外出的时候代表他执行祭司的职权；一切事情都要经由你手，而你的地位却没有受到认可。这些都是亟待解决的问题。你现在是一个将近中年的男人了，他不应该再拿你当个小孩一样对待了。"

亚莫斯疑惑地说："我父亲喜欢凡事都掌握在手中。"

"确实如此。这屋里的每个人都仰仗他、取悦他。一切都得看他高不高兴，这很糟糕，而且会变得更糟。等这次他回来的时候，你一定要大胆地和他交涉，你必须说你需要书面协议，坚持要个更明确的职位。"

"他不会听的。"

"那你就必须想办法让他听！哦，我怎么不是个男人呢！如果我是你，我会知道该怎么做！有时候我觉得我嫁给了一条懦弱的虫子。"

亚莫斯的脸唰地一下红了起来。

"我会看看我能做些什么……我可能,对,我可能会跟父亲说,请他——"

"别请求,你必须要求!毕竟你是有支配权的!除了你,他不可能把支配权交给这里任何其他的人。你是唯一有主动权的人。索贝克太过有勇无谋,你父亲根本不信任他,而伊彼又太年轻了。"

"但是有霍里在啊!"

"霍里不是这个家的家庭成员。你父亲欣赏他的判断力,但他不会把权力给亲族以外的人。不过我明白为什么你父亲会这样,因为你太温顺恭敬了,你骨子里流淌的是牛奶而不是热血!你从来不为我或者你的孩子考虑!在你父亲死掉之前,我们都不会得到应有的地位。"

"你老是看不起我,对吗,莎蒂彼?"

"你的懦弱让我很气愤!"

"听着,我向你保证,等我父亲回来的时候我会去和他谈谈,我发誓。"

莎蒂彼气喘吁吁地念叨着:"是的。但你会怎么和他谈呢?像个男人一样,还是像只老鼠一样?"

2

凯特正在和她最小的孩子安可玩耍。小孩子刚刚开始学习走路,凯特正笑着鼓励她向前走。她张开双臂跪在前面,孩子脚步跟跄地向前走,想要赶紧扑进母亲的怀抱中。

凯特正想给索贝克展示这些进步,但她忽然意识到他并没有注意到这些,而是紧皱着漂亮的眉头,愁眉苦脸地坐在那里。

"哦，索贝克，你根本没有看，你根本没看到。小家伙，告诉爸爸，他不听话，没有看你走路。"

索贝克烦躁地说："我有其他的事情要考虑……是啊，还要操心其他的事呢。"

凯特站了起来，把那绺被安可用手抓下来、遮住了她浓密黑眉的头发梳到后面。

"怎么了？出什么问题了吗？"

凯特有些心不在焉，下意识地问道。

索贝克生气地说："问题是，我不被父亲信赖。我父亲是个老家伙了，头脑古板得可笑，他现在还坚持这里所有的事情都由他一人管控，他不让我来判断、处理事情。"

凯特一边摇头一边含含糊糊地呢喃着："是的，是的，这太糟糕了。"

"如果亚莫斯能够稍微有点骨气支持我，或许还有希望使父亲明白事理。可是亚莫斯太过胆怯了。他对父亲信上说的每一项指令都言听计从。"

凯特一边对眼前的孩子叮叮当当地摇着珠子，一边喃喃自语道："是啊，这倒是真的。"

"等父亲回来的时候，我要告诉他这次木材的事情我遵从了自己的判断，把它们换成亚麻布要比换成油好得多。"

"你说得对。"

"但我父亲总是固执地要让任何人都照着他的方法做。不然他就会大吼大叫，'我告诉过你要把它们换成油，我不在这儿什么事情都做不好，你就是个什么都不懂的傻小子！'他以为我多大？他没有意识到我现在是个正当年的男人，而他的鼎盛时期已经过去了。他的指示就是拒绝做任何他认为不合常规的交易，意味着我们不能实现自己认为好的主张。要获得财富就必须冒险。我有远见和勇气。而我的父亲什么都没有。"

凯特看着自己的孩子，柔声说："你是那么有胆识又聪明，索贝克。"

"但如果这次他敢再挑我的错，大吼大叫地辱骂我，我可就要让他听听我的心里话了！如果他不让我放手去干，我就要离开这里！"

凯特伸向孩子的手突然僵在半空中，她猛地转过头来。

"离开？你要去哪儿？"

"随便什么地方！总被一个大惊小怪、自负又不给我任何发挥表现机会的老家伙威胁恐吓，真是烦透了！"

"不！"凯特厉声说道，"这样可不行，索贝克。"

他凝视着她，她的音调使他注意到了她的存在。他通常只是把她当作一个谈话时抚慰倾听的伴侣，以至于经常忘了她是一个活生生的、有思想的女人。

"你什么意思，凯特？"

"我的意思是我不会让你做傻事。所有的财产都属于你父亲，土地、农作物、家畜、木材还有亚麻田……所有的一切！你父亲死后这些东西自然就会属于我们——属于你、亚莫斯家，还有我们的孩子。如果你和你父亲争吵并一走了之，他就可以把你的那一部分分给亚莫斯和伊彼——他已经够爱伊彼的了。伊彼很清楚，而且很会利用这一点，你不能栽到伊彼手里。如果你和伊姆霍特普吵架离开，只会正中伊彼下怀，我们要多为孩子着想。"

索贝克盯着她，接着发出一阵惊讶而又短促的笑声。

"女人总是那么出人意料。我不知道你会这么想，凯特，对这件事反应这么强烈。"

凯特认真地说:"不要和你的父亲吵架,也别和他顶嘴,聪明点儿,稍安毋躁。"

"也许你是对的,但这种情况可能要持续好几年,我父亲应该让我们跟他合伙做事情。"

凯特摇摇头。"他不会那样做的。他总喜欢说我们都吃他的,依靠他的一切,没有他我们就无处可去。"

索贝克奇怪地看着她。"你好像一点儿也不喜欢我父亲,凯特。"

但是这次凯特没有回答,而是再次俯下身照看那正在摇摇晃晃学步的孩子。

"过来,小甜心,你看,这是你的娃娃。来,好,快来。"

索贝克俯视着她低下的后脑勺,然后带着一脸迷惑的神情走了出去。

3

伊莎派人找来了她的小孙子伊彼。

这个英俊的年轻人一脸不满地站在她面前,而她正以尖锐刺耳的声音怒斥着他,虽然她的视力已经差到几乎什么都看不见了,但她还是紧紧地盯着他站着的地方。

"我听到的都是些什么事?你这也不做,那也不做?你想去放牛,你不喜欢跟亚莫斯在一起,你还不喜欢监督耕作?像你这样的小孩开口就说想做什么不想做什么,成何体统?"

伊彼愠怒地说:"我已经不是小孩了,我长大了,你们为什么还像对待孩子那样对我?派我去做这做那,从不过问我的意见,也没有个人收入,总是听亚莫斯的指令。他以为他是谁?"

"他是你的大哥,而当我儿子伊姆霍特普不在这儿的时候,他负责掌管这里的一切。"

"亚莫斯愚蠢又优柔寡断。我比他可聪明多了。索贝克也蠢得要命,尽管他总是吹嘘自己有多聪明!父亲已经来信说可以让我选我自己喜欢的工作做——"

"你根本什么工作都没挑。"老伊莎打断道。

"而且父亲说要多给我一些食材和饮品,如果他听说了我的不满,听说了你们这么对我,他会非常生气的。"他说话的时候嘴角上扬,露出狡黠的微笑。

"你这个被宠坏的臭小子,"伊莎狠狠地说道,"我会把你说的话都转告给伊姆霍特普的。"

"不,不要这样,奶奶,您不会那么做的。"他的笑容突然变得谄媚了起来。

"您和我,奶奶,我们是这个家里最有头脑的人。"

"你可真不知羞耻!"

"我父亲总是很相信您的判断力,他知道您很睿智。"

"那倒是,确实如此。但我不需要你来告诉我。"

伊彼笑道:"您最好站在我这一边,奶奶。"

"你这是什么意思?"

"我的两位哥哥都心存不满,您难道不知道吗?赫妮会告诉您这一切的。莎蒂彼一天到晚训斥亚莫斯,只要一抓住机会就不停地说。而索贝克的自以为是让他在木材交易中犯了错,正担心我父亲发现后会大发雷霆,您看着,奶奶,再过一两年我就会跟父亲合作,他一切都会听我的。"

"你?这家里最小的一个?"

"这和年龄有什么关系呢?有权力的人是父亲,而我是最懂得控制父亲的人。"

"这样说可真不像话!"伊莎说。

伊彼接着柔声说道:"您可不傻,奶奶……您对我父亲非常了解,尽管他总是夸夸其谈,但他实际上是个懦弱的人……"

他突然停下来,注意到伊莎挪动了一下头部,眼神越过他的肩膀向后望去。他也转过头来,看到赫妮正站在他的身后。

"伊姆霍特普是个懦弱的人?"赫妮用柔和的声音嘟囔着,"我想,他听到你这样说会非常不高兴的。"

伊彼不安地笑了一声。"但你不会告诉他的,赫妮……来,过来,赫妮——向我发誓……亲爱的赫妮……"

赫妮溜到伊莎身边,扬起头,用一种略带牢骚的语气道:"当然,我从来不想惹麻烦,这你是知道的……我为你们大家奉献我的全部,从来不打小报告,除非我认为我有责任那么做……"

"那是我跟奶奶在开玩笑,仅此而已。"伊彼说,"我也会这样告诉父亲。他会知道我不是那个意思。"

他对赫妮匆匆地点了下头,走出了屋子。

赫妮看着他的背影对伊莎说:"一个好男孩,长得很好看的男孩。他可真敢说!"

伊莎厉声说道:"他说的话很危险,我不喜欢他脑袋里的想法。我儿子太纵容他了。"

"谁不会呢?他那么帅气又有魅力。"

"心灵美才是真的美。"伊莎再一次厉声说道。

然后她沉思了一会儿,慢慢地说:"赫妮,我有点儿担心。"

"担心?伊莎,你在担心什么呢?无论如何,主人很快就会回来了,一切都会变好的。"

"会吗？我很怀疑。"

她又一次陷入了沉思，接着问道："我的孙子亚莫斯在家吗？"

"不久前我看见他向门廊那边走去了。"

"去告诉他，我想和他谈谈。"

赫妮离开了。她在那阴凉的、有着彩色柱子的门廊上找到了亚莫斯，并传达了伊莎的口信。

亚莫斯立刻去见了伊莎。

伊莎直截了当地说："亚莫斯，伊姆霍特普很快就要回来了。"

亚莫斯温柔的脸庞瞬间容光焕发。

"是的，这确实是个好消息。"

"一切都为他照料好了吗？事业昌盛？"

"我已经尽我所能地执行了父亲的指示。"

"那伊彼呢？"

亚莫斯叹了口气。

"我父亲对这个孩子太过纵容了，这对小孩子很不好。"

"你一定要让伊姆霍特普明白这一点。"

亚莫斯脸上满是疑惑。

伊莎坚定地说道："我会支持你的。"

"有时候，"亚莫斯叹了口气，说，"好像一切都困难重重，但父亲一回来就好了。他可以自己做决定。当他不在家时，全都按照他的意愿办事是很困难的。特别是我没有什么权威，仅仅是代表他发号施令。"

伊莎缓缓地说："你是一个好儿子。忠诚、热情。你也是个好丈夫，就像谚语说的那样，'男人应该爱他的妻子，给她一个家；应该让她填饱肚子，有衣穿，送她昂贵的油膏让她打扮，让她有生之年心情愉快。'但还有另一句训诫是这样说的：'别让她掌握控制权。'如果我是你，我的好孙子，我会牢牢记住这个忠告……"

亚莫斯看着她，脸变得通红，然后转身离去。

第三章
第三个月 第十四天

1

这里到处都是一片忙乱准备的景象。厨房已经烤出了上百条面包，现在正在烤鸭子。一股韭葱、大蒜混杂着各种香料的味道充斥着整个院子。女人们大嚷着指示工作，仆人们匆忙地在院子里穿来穿去。

到处都在窃窃私语："主人，主人要回来了……"

雷妮森正在帮忙编织用罂粟花和荷花制成的花环，此时她感到一种强烈的幸福感正从心中慢慢升腾。她的父亲要回来了！在过去的几个星期中，她不知不觉地溜回了昔日的生活。她确信，最初霍里说的那些让她感到陌生和怪异的话，已经荡然无存了。她还是原来的那个雷妮森。亚莫斯、莎蒂彼、索贝克、凯特也都是老样子，和过去一样，人们都在为伊姆霍特普的归来而匆忙地准备着。有人传消息过来说他在傍晚前能到家，因此有个仆人被派到河堤那儿，等着看到主人到岸就回来报信。过了一会儿，他的声音响起，清晰而又嘹亮，传回了主人归来的好消息。

雷妮森扔下手中的花朵和其他人一起跑出去。他们匆忙地赶到河堤旁船只停泊的地方。亚莫斯和索贝克挤在一群村民、渔民和农民之间,和他们一起兴奋地指指点点,喊出了声。

是的,一艘巨大的方帆船在北风的吹送下贴着水面飞速而至,紧随其后的是挤满了男男女女的炊事船。不一会儿,雷妮森就看见了坐在船中的父亲,他手握一枝莲花,有一个人和他坐在一起,她猜那是个歌者。

河堤上的欢呼声高涨起来,伊姆霍特普热情地挥了挥手,水手们正忙着拉动升降索。到处都充斥着"欢迎主人"的欢呼声和感谢诸神让他平安归来的歌颂声。不一会儿,伊姆霍特普上了岸,他一边跟家人打招呼,一边礼貌地回应群众的欢迎。

"赞美索贝克神,尼思神之子,庇佑您渡船平安!赞美普塔神,南方的孟斐斯神,把您带到我们身边!感谢太阳之神,拉神,照亮两个世界!"

雷妮森跻身走到前面,她沉醉在这种激动的氛围之中。

伊姆霍特普摆着架势站了起来,雷妮森在想:但是,他怎么会是个这么"小"的人呢,我原本觉得他要更高大呢。

一种莫名的沮丧之情涌上她的心头。

是她的父亲"缩小"了吗?还是她的记忆出现了偏差?她一直觉得他是个非常了不起、有点专横、总是非常挑剔的人。总是在告诫他的左右,有时惹得她暗自发笑,但总归是个"重要角色"。而此刻这个矮小年迈的老人,看上去一副自以为是的样子,实则感觉并不是那么一回事。难道是她自己有什么问题?她脑袋里怎么会冒出这样不敬的想法呢?

伊姆霍特普结束了冠冕堂皇的讲话后,开始较为平常地进行私人问候。他拥抱着他的儿子们。

"啊,我亲爱的亚莫斯,你总是满脸微笑,我不在的时候,你很勤奋,我确定……还有索贝克,我帅气的儿子,总是开朗乐观。

我知道,这是伊彼,我最亲爱的伊彼,让我好好看看你。站开些,这就对了!长大了,更像个男子汉了,我是多么高兴能再次拥抱你啊!还有雷妮森,我亲爱的女儿,又回家了。莎蒂彼,凯特,我一样亲爱的儿媳妇们……还有赫妮,我忠诚的赫妮……"

赫妮跪在伊姆霍特普的膝下,夸张地擦拭着喜悦的泪水。

"真高兴再见到你,赫妮,你还好吗?快乐吗?还像原来一样兢兢业业,真叫人高兴……"

"还有我最出色的霍里,总是账目清楚、笔法一流,事业一如既往地兴隆吧?一定是的。"

接着,问候结束,四周的低语声也渐渐消失,伊姆霍特普举起手示意大家安静,然后他清晰且大声地说:"我的儿女们,朋友们,我有一个消息要告诉你们。这些年来,你们知道的,就某些方面来说我一直是个孤独的男人。我的妻子——你们的母亲,亚莫斯和索贝克;和我的妾,也就是你的母亲,伊彼,都在几年前去了冥府。因此,莎蒂彼和凯特,我带来了一位新的妾来与你们共担家务。看,这就是我的新妾,诺芙瑞,你们要看在我的面子上爱她。她跟我一起从北孟斐斯城来,等我再次离开的时候,她要留在这里和你们住在一起。"

他一边说着,一边把这个女人拉上前来。她站在他的身边,头微微向后仰,眼睛眯成一道缝,是那么年轻,傲慢,美丽。

雷妮森惊讶地想:但她太年轻了,也许年纪还没我大。

诺芙瑞静静地站在那里,嘴角挂着一抹微笑,一种嘲弄而非讨好的笑。

她有着又黑又直的双眉和光润的古铜色皮肤,睫毛又长又密,几乎让人看不到她的眼睛。

全家人都大吃一惊,哑口无言地面面相觑。伊姆霍特普用一种略带恼怒的口吻说:"孩子们,快过来欢迎诺芙瑞。难道你们忘了怎么问候父亲带回来的妻妾吗?"

大家都犹犹豫豫,吞吞吐吐地与之问候。

伊姆霍特普内心略有一丝不悦,但仍故作高兴地大声说道:"很好!诺芙瑞,莎蒂彼、凯特和雷妮森将带你去妇人们住的地方。行李箱在哪儿?所有的行李都带上岸了吗?"

圆顶盖的行李箱正被从船上搬下来,伊姆霍特普对诺芙瑞说:"你的珠宝和衣服都好好地在这儿,去把它们安置好。"

然后,女人们一起离开了那里,伊姆霍特普转向他的儿子们,说:"家里的产业都怎么样?一切都顺利吗?"

"低地的田都租给了奈克特——"亚莫斯刚开始汇报,却被父亲打断了。

"不用说这些细节,我的好亚莫斯,这事可以稍后再说。今晚我们要好好欢庆一下。明天你、我、霍里再谈这些正事。来,伊彼,我的孩子,让我们一起回家吧。你怎么都长这么高了,头都已经高过我了。"

索贝克愁眉不展地走在父亲和伊彼的身后,并小声地对亚莫斯说:"珠宝和衣服,你听到了吗?北地产业的利润都跑到这上面去了,那可是我们的利润。"

"嘘!"亚莫斯低声道,"父亲会听到的。"

"他听到又能怎样?我才不像你那样怕他。"

一到家,赫妮就到伊姆霍特普的房间准备洗澡水,她的脸上堆满了笑容。

伊姆霍特普稍微放下了一些戒备之心。

"那么,赫妮,你觉得我的眼光怎么样?"

虽然他早就决定要用高压手段来处理这件事情,但是他很清楚,诺芙瑞的到来终究要引发一场风暴,至少在那些女人那里是这样的。但赫妮不同,她是个忠诚又全身心付出的家伙。她从不令他失望。

"她很漂亮!真的很漂亮!那么美的头发,那么纤细的四肢!她刚好配得上您,伊姆霍特普,我还能再说些什么?您能挑选这么合适的伴侣,能高兴愉快地生活,您已逝的妻子也会感到欣慰的。"

"你当真是这么想的,赫妮?"

"当然,伊姆霍特普。在哀悼她这么多年后,您也该重新享受生活了。"

"你很了解她……我、我也感到现在该像个男人一样生活了。呃,我的儿媳妇和我的女儿……她们或许会为此怨恨我吧。"

"她们最好别这样,"赫妮说,"毕竟,在这个家里,她们都要依靠您生活。"

"你说得很对,真的很对。"伊姆霍特普附和道。

"您供她们吃穿,她们能过上这样幸福的生活全都是您努力的结果。"

"是的,的确如此。"伊姆霍特普叹了口气,"我不停地为她们的利益而努力工作,但我有时候怀疑她们是否真的知道我给予了她们多少!"

"您必须时常提醒她们这一点,"赫妮一边点着头一边说道,"我,您谦卑而又忠诚的赫妮,从来都没有忘记过您所给予我的一切。但是孩子们时常会自私自利,觉得自己很了不起,意识不到他们不过是在执行您所下达的命令而已。"

"你说得非常对,"伊姆霍特普说道,"我总说你是个聪明的家伙,赫妮。"

赫妮叹了声气,回答道:"如果其他人也这样想就好了。"

"怎么了？家里有人对你不好吗？"

"没有，没有……他们不是故意要那么说的，对他们来说我不停地工作是一件理所应当的事情，虽然我也很乐意那样做。但是如果他们能够说一句温情感激的话，我会开心很多。"

"你可以从我这里听到这样的话，"伊姆霍特普说，"记住，这里永远是你的家。"

"主人，您真的太好了。"她顿了顿，继续说道，"仆人们已经在浴室为您准备好热水了。您洗完澡穿戴好以后，您的母亲让您到她那里去一趟。"

"啊，我母亲？是的，是的，当然……"

伊姆霍特普突然显得有点窘迫。为了掩饰心中的困惑，他急忙说道："当然，我本来就打算去的。告诉伊莎我很快就去。"

2

此时的伊莎，正穿着她最好的打褶亚麻长衣，以一种嘲弄消遣的眼光盯着她的儿子。

"欢迎回来，伊姆霍特普。你回来了，而且听说这次还不止是你一个人。"

伊姆霍特普挺了挺身子，有些不好意思地问道："所以，您已经听说了？"

"当然。整个宅子到处都在议论这件事情。那个女孩很漂亮，他们还说，她非常年轻。"

"她今年十九岁，而且……呃，不算难看。"

伊莎放声大笑，是那种老女人充满恶意的怪笑。

"啊，那么，"她说，"年老的荒唐真是无可想象。"

"我亲爱的母亲,我真的有点不明白您说的是什么意思。"

伊莎淡定自若地回答说:"你一直就是个傻子,伊姆霍特普。"

伊姆霍特普直起身子,气急败坏地驳斥起来。虽然他通常都居高临下,自以为是,但他的母亲却总是能一针见血地刺到他的弱点。在她面前,他总是感觉自己很渺小。他母亲那近乎全盲的眼睛中总是对他闪着略带嘲讽的目光,这令他慌乱不安。但不可否认的是,母亲从不夸大他的能力。尽管他很清楚他的自我评估很准确,而且母亲的个人看法对他并不重要,但她的态度总会刺伤他的自尊心。

"男人带一个妾室回家有那么不寻常吗?"

"一点也没有不寻常,因为男人通常都是傻瓜。"

"我不明白这有什么傻的。"

"你能想象这个女孩的出现会给这个家带来多少纷争和冲突吗?莎蒂彼和凯特会发疯的,而且会对她们的丈夫煽风点火。"

"这跟他们又有何干?他们有什么权利反对?"

"他们没有。"

伊姆霍特普开始在房间里生气地走来走去。

"我在自己的家里还不能做些让自己高兴的事吗?我没有供养我的儿子和儿媳妇吗?他们吃的面包不是欠我的吗?难道我要一直不停地这样告诫他们?"

"你太爱这么说了,伊姆霍特普。"

"这是事实,他们都得依靠我,他们所有人!"

"那么你确定这是件好事吗?"

"难道您觉得一个男人可以养得起这个家不是件好事吗?"

伊莎叹了口气。

"他们为你工作,你记住。"

"您想让我鼓励他们吃闲饭吗?他们当然要工作。"

"他们都已长大成年了。更何况亚莫斯和索贝克,不仅仅是成年了。"

"索贝克没有判断力,他做什么都是错的。而且他总是傲慢无礼,这点我不会纵容他。亚莫斯是个听话的好男孩——"

"比'孩子'可要大多了!"

"但是有时候我必须把一件事说上两三遍他才能听得懂。必须要我考虑到每件事——每件事!每次我出差的时候,都要口授给记录员,把所有的指示都写下来以便让我的儿子们执行……我几乎不能休息,甚至连睡觉的时间都不够!现在我回家了,刚得到一丝安宁,这儿又出现了新的麻烦!甚至您,我的母亲,都要否定我享有和别人一样纳妾的权利,您生气——"

伊莎打断了他的话。

"我没有生气,我只是觉得好笑。宅子里马上就有好戏看了。但我告诫你,当你再次去北地的时候,最好带着那个女孩和你一起走。"

"这儿才是她该待的地方,我的家中!谁不善待她就会倒霉的!"

"这不单单是善待不善待的问题。你要记住,烈火易引干柴。有句关于女人的俗话说,'女子多处是非多……'"

伊莎一字一顿地接着说:"诺芙瑞很美,但是要记住:男人总是被女人艳丽的外表蛊惑成傻子。然后,转眼间她们都会变成失去光泽的废玛瑙。"

当她说这些话的时候声音也越来越深沉:

"慢慢地,渐渐地,像梦一样,最后,死亡终将降临……"

第四章
第三个月 第十五天

1

伊姆霍特普在不祥的沉默中听着索贝克解释木材销售的业务问题。他的脸变得通红，青筋在太阳穴上绷起。

索贝克自始至终若无其事的态度终于也开始有点绷不住了。一开始他本打算对此事采取高姿态，但是面对父亲紧皱的眉头，他发现自己开始说话犹犹豫豫、结结巴巴。

伊姆霍特普最终不耐烦地打断了他。

"是是是，你觉得你比我知道得还多。你背离了我的旨意，总是这样！除非我在家照看这一切……"他叹了口气，"我真的很难想象如果没有我，你们这些孩子会变成什么样！"

索贝克继续穷追不舍道："有机会获得更大的利润我才冒了险，人不能过分注重细节，谨小慎微。"

"你压根儿一点儿也不谨慎，索贝克！你总是莽撞、冒失，所以你做的判断和决定总是错误的。"

"我有过机会练习我的判断力吗？"

伊姆霍特普冷冷地说道："这次你这么做了，违背了我的命令——"

"命令？我要一直听从你的命令吗？我已经是个成年人了。"

伊姆霍特普再也按捺不住他的脾气，大声吼道："是谁供你吃，供你穿？谁替你们考虑未来？谁把你的福利，你们所有人的福利，一直放在心上？当洪水退潮，我们面临饥荒威胁的时候，难道不是我安排食物送到南方给你们的吗？你们应该为有一个这样的父亲，一个处处为你们考虑的父亲，而感到庆幸！而且我要过你们的回报吗？仅仅是要你们努力工作，尽己所能，服从我的指示——"

"是啊，"索贝克大叫道，"我们要像奴隶一样为你工作，好让你能买那些黄金、珠宝给你的小妾！"

伊姆霍特普怒发冲冠地向索贝克逼近。

"你这个无礼的孩子，竟然这样和你的父亲说话。小心点，否则我敢说这儿再也不是你的家，你爱去哪儿去哪儿。"

"如果你不小心点儿，我会走的！我有自己的想法，我告诉你，很好的想法！如果我不被那些过分谨小慎微的事情束缚的话，我会拥有很多财富的！"

"你说完了吗？"伊姆霍特普用一种不祥的语气问道。

索贝克渐渐泄下气来，但嘴里仍生气地嘟囔着："是，是……现在我没什么可说的了。"

"那么看看家里的牛群去，现在可不是偷懒的时候。"

索贝克转过身，生气地踏着大步离开。诺芙瑞站在不远处，当他从旁边经过时，她瞄了他一眼，笑出声来，笑得索贝克腾地涨红了脸。他生气地向她逼近了半步，她仍然安静地站在那里，半眯着眼，轻蔑地看着他。

索贝克嘴里一边嘟囔着什么一边朝他原本要去的方向走去。诺芙瑞又笑了笑，然后慢慢地走向伊姆霍特普，此时他正在和亚莫斯谈话。

"你怎么能让索贝克做出那样的傻事?"他生气地质问道,"你应该阻止这种事发生!难道到现在你还不知道他在买卖方面的判断力是有问题的吗?他认为任何事都会如他所愿。"

亚莫斯抱歉地说道:"您并不了解我的处境,父亲。您告诉我要把买木材的事情托付给索贝克,因此有必要让他试着用自己的判断力来做这件事。"

"判断力?判断力?他根本就没有判断力!他是要按照我的指示去做,而你要监督他确实照做了!"

亚莫斯的脸也红了起来。

"我?我哪有什么权力?"

"什么权力?我给你的权力。"

"但我得到的并非名副其实的权力。如果我在法律上跟您联合——"

他的话被走过来的诺芙瑞打断了,她打着呵欠,手里拈着一朵猩红的罂粟花。

"你怎么不到湖边的小亭子里去呢,伊姆霍特普?那里很凉快,有水果,还有科达啤酒。你现在都已经下达完命令啦!"

"等一会儿,诺芙瑞,等一会儿。"

诺芙瑞用柔软而又深沉的声音说道:"来吧,我要你现在就来……"

伊姆霍特普显得很高兴又有一点羞涩。亚莫斯抢在父亲开口前迅速地说道:"我们先把这件事谈了,这很重要,我想请您——"

诺芙瑞背对着亚莫斯直接对伊姆霍特普说:"你在你自己的家里,不能做你想做的事吗?"

伊姆霍特普严厉地对亚莫斯说:"换个时间,我的儿子,换个时间再谈。"

他和诺芙瑞转身离开,留亚莫斯一个人站在门廊,望着他们离去的背影。

这时,莎蒂彼从屋里向他走来。

"那么,"她急切地问,"你和他说了吗?他怎么说?"

亚莫斯叹了口气。

"别那么心急,莎蒂彼。这次……不太合时宜。"

莎蒂彼愤怒地大叫道:"啊,是啊,你当然会这么说!你每次都这么说!事实上你是害怕你父亲,你像只绵羊一样懦弱,你对他咩咩叫,你不敢像个男子汉那样面对他!难道你忘了你是怎么向我承诺的?我告诉你,在咱们两个之间,我反而更像个男人!你发过誓!你说:'我会立刻请求我父亲,就在他回来的第一天。'可是到头来——"

莎蒂彼停了下来,喘着粗气,话才刚讲到一半,却被亚莫斯温和地打断了:"你错了,莎蒂彼,我已经开始说了,但是被打断了。"

"被打断了?被谁打断了?"

"被诺芙瑞。"

"诺芙瑞!那个女人!父亲和长子谈正事的时候是不应该让他的小妾打断的,女人不应该干涉正事。"

或许亚莫斯更希望莎蒂彼能谨守这句她朗朗上口的格言,但他还没来得及开口,他妻子就接着往下说道:"你父亲应该马上和她说清楚。"

"我父亲,"亚莫斯冷冷地说,"他可没表现出一丝的不高兴。"

"真可耻,"莎蒂彼嚷着,"你父亲完全被她蛊惑了。他让她随心所欲，为所欲为！"

亚莫斯若有所思地说："她很漂亮……"

莎蒂彼哼了一声。"哦，她长得不错。但是没礼貌！也没教养！她不在乎对我们有多粗鲁。"

"或许你对她粗鲁吧？"

"我有礼貌得很。凯特和我对她什么事都很殷勤。哦，她不会有什么好向你父亲抱怨的，我们可以等待时机，我和凯特。"

亚莫斯猛地抬起头。

"你什么意思？等待时机？"

莎蒂彼意味深长地一笑，转身走开。

"我的意思是女人之间的意思，你不会懂的。我们有我们的方式，以及我们的武器！诺芙瑞会收敛她的无礼的。毕竟一个女人的生活是怎样的呢？是在这后院里，和其他的女人一起度过。"

莎蒂彼的语调中有一种特殊的韵味，她接着说："你的父亲不会总在家的……他会再次离开，到北地的庄园去。那时……我们走着瞧。"

"莎蒂彼——"

莎蒂彼大笑着。是那种高昂、刺耳的笑声。她一边笑，一边回到屋子里去了。

2

孩子们正在湖边追逐嬉闹。亚莫斯的两个儿子俊俏又帅气，长得更像莎蒂彼而非他们的父亲。还有索贝克的三个孩子，最小的一个还在蹒跚学步。然后还有泰蒂，一个不爱笑，但很漂亮的四岁女孩。

他们一边笑一边叫，扔着球玩。偶尔发生一些争执，并发出孩子气的尖叫或哭喊声。

诺芙瑞坐在伊姆霍特普身旁，伊姆霍特普呷着啤酒，喃喃自语着："孩子们是多么喜欢在水边玩耍啊，我记得一直都是如此。但是，神啊，他们是多么吵闹！"

诺芙瑞抢着说道："是啊，本来是很安静的……你在的时候为什么不让他们走开呢？毕竟，一家之主应当在他想休息放松的时候得到恰当的尊重，是不是？"

"我……呃……"伊姆霍特普犹豫着。这个建议虽然很新奇，但令人愉快。"我倒不是很介意他们。"他有些迟疑地说。

他又淡淡地补了一句："他们高兴的时候，一直都聚在这儿玩耍。"

"当你离开的时候可以，"诺芙瑞补充道，"但我认为，伊姆霍特普，考虑到你为这个家所做的一切，他们应该多尊重你一些。你就是太温柔、太随和了。"

伊姆霍特普平和地叹了口气。"这一直是我的缺点。我从不强调这些表面礼节。"

"所以这些女人，你的儿媳妇们，就会利用你的仁慈宽厚。你回到这儿的时候，就应该得到她们的理解，这里要保持安静。你瞧着，我去和凯特说，让她把她的孩子还有其他的孩子一起带走，这样你就能在这里心满意足地享受宁静了。"

"你真是个体贴的女孩，诺芙瑞……是的，好女孩，你一直为我的舒适着想。"

诺芙瑞柔声低语道："你高兴，我就高兴。"

她站起来走向凯特。凯特正跪在湖边，和她那个有点被宠坏的次子一起玩一只模型船，他们正试图让它浮在水面上。

诺芙瑞简单直接地说:"凯特,你能带孩子离开这儿吗?"

"离开这儿?你是什么意思?他们一直在这里玩耍。"

"今天不行,伊姆霍特普想清净会儿,你的那些孩子太吵了。"

凯特的脸色变得难看起来。

"你应该改改你说话的方式,诺芙瑞!伊姆霍特普喜欢看着他的儿孙们在这儿玩耍。他说过的。"

"今天不行,"诺芙瑞说,"是他叫我过来告诉你把这群吵闹的家伙带到屋里去的,他好安静地坐一会儿,和我一起。"

"和你一起……"凯特突然中断了她想说的话,她站起身来,快步走向半坐半躺的伊姆霍特普那里,诺芙瑞紧跟着她。

凯特开门见山地说:"您的小妾和我说要我带着孩子们离开这儿,为什么?他们做错了什么?为什么要赶他们走?"

"我认为这个家里的主人的意愿就是最充分的理由。"诺芙瑞语气温和地说。

"确实——确实如此,"伊姆霍特普怒气冲冲地说道,"为什么我必须给出理由?这个家是谁的?"

"我觉得是她想让他们走吧。"凯特转过身,眼睛上上下下地打量着诺芙瑞。

"诺芙瑞是为我的舒适和快乐着想,"伊姆霍特普说,"在这个家里没有其他人曾这么为我想过,除了可怜的赫妮。"

"所以孩子们不能再在这里玩耍了?"

"我在这儿休息的时候就不能。"

凯特的怒火突然迸发出来。

"为什么你要听这个女人的,跟你的亲骨肉作对?为什么她要来这儿干涉这个家庭?扰乱家里原有的状态?"

伊姆霍特普也突然大吼起来,他感到有必要证明并维护一下自己了。

"在这儿应该是我说了算,而不是你!你们都联合起来为所欲为,什么事都按着你们想的安排。但当我——一家之主回到家后,没有人能关注一下我的意愿。我才是一家之主,我告诉你!我不停地为你们工作、谋划……但是有人感激或者尊重过我吗?没有。先是索贝克对我不敬无礼,现在又轮到你了,凯特,对我吹胡子瞪眼!我养你们是为了什么?你要小心了,否则我将停止供养你们。索贝克说他要走,那就让他走,你带着你的孩子们和他一起走。"

凯特纹丝不动地在那儿站了好半天,她阴郁、迷茫的脸上不带任何表情,过了一会儿,她用没有任何情感的语气说道:"我带孩子们回屋里去……"

她走了一两步,在诺芙瑞身旁停下。凯特用低沉的声音说:"这都是你干的,诺芙瑞,我不会忘记的。不会。我不会忘记的……"

第五章
第四个月 第五天

1

作为大祭司的伊姆霍特普在履行完仪式后满意地舒了一口气。祭祀仪式一丝不苟,有条不紊。伊姆霍特普是个对什么事都谨小慎微、尽职尽责的人。他奠酒祭神、烧香,并供上通常必备的食物酒品。

现在,他来到一旁阴凉的石屋里,霍里正在那儿等他,伊姆霍特普又恢复了地主、商人的样子。两个人一起商讨着生意上的事情,现行价格以及农作物、家畜、木材方面的利润问题等。

大约过了半个小时,伊姆霍特普满意地点了点头。

"你真的很有经济头脑,霍里。"他说。

对方报以微微一笑。

"我应该有,伊姆霍特普,我做你的商务代理已经这么多年了。"

"而且也是最忠诚的一个。现在我要和你商量一件事,是关于伊彼的,他总抱怨说他的地位太过从属。"

"他还很年轻。"

"但是他已经展现出了他的能力。他觉得两个哥哥总是对他不公平。索贝克，总是粗鲁而专横……而亚莫斯又总是太过谨慎，这令他厌倦。伊彼总是斗志高昂，他不喜欢听令行事。他甚至说，只有我，他父亲，才有权力命令他。"

"确实如此，"霍里说，"但是让我震惊的是，伊姆霍特普，这对于庄园来说是个弱点。我能直言不讳吗？"

"当然，我的好霍里。你的话总是经过深思熟虑的。"

"那么我要说的是，当你离开的时候，伊姆霍特普，这里应该有人拥有真正的权力。"

"我把我的事务处理权都交给了你和亚莫斯——"

"我知道，你不在时我们替你管理，但这是远远不够的。为什么不指定你的一个儿子做你的合伙人呢？通过财产授予的法律契约让他跟你合作。"

伊姆霍特普眉头紧锁，在屋里踱来踱去。

"你建议我选哪一个儿子？索贝克看起来的确很有权威，但他桀骜不驯。我不信任他。他的性情不好。"

"我在考虑亚莫斯，他是你的长子，有着温柔博爱的性格。他一心为你奉献。"

"是的，他的性格是不错。但他胆子太小，太软弱了，他对每一个人都让步。如果伊彼年纪再大点——"

霍里快速地补充道："把权力交给一个太年轻的孩子是很危险的。"

"确实，确实如此。那么，霍里，我会考虑你的提议的。亚莫斯当然是个好儿子……一个听话的儿子。"

霍里温和却又急切地说："你一定会做出明智的抉择。"

伊姆霍特普好奇地看着他。

"你脑袋里在想什么，霍里？"

霍里不紧不慢地说:"我刚才不是说过,把权力交给一个太年轻的人是很危险的吗?但实际上,如果权力来得太晚也是很危险的。"

"你的意思是,他们会变得太过习惯于接受命令而不是下达命令。哦,也许确实如此。"

伊姆霍特普叹了口气。

"管理一个家庭太困难了!尤其是女人,最难管理。莎蒂彼总是控制不住自己的脾气,凯特又总是郁郁寡欢,不过我已经明确地说了让她们好好对待诺芙瑞,我想可以说……"

他突然停下来,一个奴隶正沿着小径气喘吁吁地跑过来。

"出什么事了?"

"主人,那边来了一条船。一位名叫卡梅尼的书记员从孟斐斯城带了封信。"

伊姆霍特普匆忙地站起来。

"又是麻烦事,"他嚷道,"拉神在上,肯定又是什么麻烦事!除非我亲自去处理,否则什么事都会变得更糟糕!"

他急急忙忙地顺着小径走下去,霍里静静地坐在那里,一直看着他远去的背影。

他的脸上露出了一丝忧虑。

2

雷妮森正漫无目的地沿着尼罗河岸闲逛,突然,她听到一阵叫喊声,然后发现很多人纷纷朝着船只停泊的地方跑去。

她也跑过去加入他们。在被拖近堤岸的船上站着一位小伙子,当她看到他逆光的身影时,她的心脏几近停止了跳动。

一个疯狂、奇幻的想法浮现在她的脑海。

是凯伊,她想,凯伊从冥府回来了。

然后她嘲笑着自己这迷信的幻想。因为在她的记忆里,凯伊总在尼罗河上泛舟,而这位年轻人那酷似凯伊的身材让她产生了幻觉。这个年轻人比凯伊年轻,他拥有从容优雅的风度和阳光欢快的脸庞。

他告诉大家,他从伊姆霍特普的北地庄园来,是一个书记员,叫卡梅尼。

一个奴隶被派去通知她的父亲,卡梅尼则被带到了屋里,食物和饮料都摆在他面前。没一会儿,她的父亲来了,接着便是一番你来我往的工作交谈。

所有的谈话要领都通过赫妮慢慢地传到了妇人们居住的地方。和往常一样,她充当着消息搬运工的角色。雷妮森有时候会纳闷,赫妮到底是怎么知道这些的。

卡梅尼似乎是伊姆霍特普雇用的书记员,是伊姆霍特普一个兄弟的儿子。卡梅尼查到了伪造账目。由于事件重大复杂,又涉及财产管理人,所以他觉得有必要亲自到南方来汇报。

雷妮森对此并不太感兴趣。她想,卡梅尼真聪明,竟然能查出这件事。父亲肯定会很赏识他的。

这件事最直接的结果就是伊姆霍特普准备紧急启程。他本无意在两个月内再次离开家,但现在这种情况是越快赶到现场越好。

于是全家人被召集到了一起,听着他絮絮叨叨的指示和告诫——这个可以做,那个不可以做。亚莫斯不可以这样或那样;索贝克要小心谨慎等。雷妮森想,一切都是那么熟悉。亚莫斯仍是那么聚精会神,索贝克阴沉着脸;霍里和往常一样,波澜不惊又效率极高;伊彼的要求和纠缠遭到了比以往更坚决的拒绝。

"你太年轻,还不能有特殊的补助。要遵从亚莫斯的指令,他知道我的意图和命令。"伊姆霍特普把一只手放在长子的肩上,"我信任你,亚莫斯。等我回来的时候,我们再深入谈谈合作的事情。"

亚莫斯脸兴奋得发红,挺了挺腰杆。

伊姆霍特普接着说:"我不在的时候要把一切照顾得好好的。要好好对待诺芙瑞,要有恰当的尊重和敬意。她就由你来负责了。你还要管理好妇人们的家务日常。让莎蒂彼管好自己的嘴巴,让索贝克看好凯特。雷妮森,你也要礼貌对待诺芙瑞。我希望大家还要善待我们的好赫妮。我知道这个妇人有时候很烦人,她在这里很长时间了,有时会觉得自己有特权去说一些不太受欢迎的话。我也知道,她既不漂亮又不聪明。但是记住,她很忠诚,总是为我的意愿奉献一切,我不希望她受到蔑视或欺凌。"

"每件事都会照您说的去做,"亚莫斯说,"但赫妮有时候会因口舌招惹是非。"

"哼!一派胡言!所有的女人都是如此,赫妮并不比其他人毒舌多少。现在再说说卡梅尼,让他留在这里吧。我们需要再多一个书记员,他可以辅助霍里。至于我们租给亚伊那个女人的土地……"

伊姆霍特普事无巨细地继续叮嘱着。

当全部准备妥当,即将启程时,他忽然感到一丝不安。他把诺芙瑞拉到一旁,疑惑地说:"诺芙瑞,你愿意留在这儿吗?或许你跟我一起走会更好?"

"你不会离开太久的。"她说。

"三个月,或者四个月。谁知道呢?"

"你看,并不会太久。我很愿意留下来。"

"我已经叮嘱过亚莫斯，还有我其他的儿子。你会得到各种照顾。如果你有什么不满，尽管向他们开口！"

"他们会按你说的去做，我确信，伊姆霍特普。"诺芙瑞停顿了一下，接着说，"在这里我可以绝对地信任谁？谁真正为你奉献一切？我说的不是家人。"

"霍里，我的好霍里。他就是我的左右手，而且是一个见多识广、有判断力的人。"

诺芙瑞不紧不慢地说："他和亚莫斯情同手足，可能——"

"还有卡梅尼，他也是个书记员。我会吩咐他听你差遣，如果你有什么不满，他会用笔替你写下委屈，然后带给我。"

诺芙瑞感激地点了点头。

"这是个好主意。卡梅尼从北边来，他认识我的父亲。他不会受家人意见的影响。"

"还有赫妮，"伊姆霍特普提高了嗓门，"还有赫妮在。"

"是的，"诺芙瑞若有所思地说，"有赫妮在，你现在就跟她说，当着我的面说，怎么样？"

"好主意。"

赫妮被传唤过来，带着一贯的谄媚和热切，她正在表述对伊姆霍特普离开的难过，伊姆霍特普毫无征兆地打断了她的话。

"是的，是的，我的好赫妮。但是有些事你必须要做。我几乎没法获得安逸的休憩，必须不停地为我的家人工作——尽管他们很少因此感激我。但现在我想严肃认真地跟你说几句话。你忠诚无私地热爱我，我可以信任你。好好照看诺芙瑞，她是我非常亲爱的人。"

"您最亲爱的人，主人，就是我最亲爱的人。"赫妮热情地说道。

"非常好。那么你会为诺芙瑞奉献你的一切吧?"

赫妮转过身,诺芙瑞正垂着眼帘注视着她。

"你太漂亮了,诺芙瑞,"她说,"这会带来麻烦,这就是为什么你会遭到他人的嫉妒。但我会照顾好你,我会告诉你他们的一切言行,你可以依靠我。"

当两个女人目光交接的时候,有那么一阵停顿。

"你可以指望我。"赫妮重复道。

诺芙瑞的嘴角慢慢浮现出一抹笑意,一种非常古怪的笑容。

"是的,"她说,"我理解你,赫妮。我觉得我能指望你。"

伊姆霍特普大声清了清嗓子。

"那么我想一切都安排妥当了。是的,一切都令人满意。组织安排一向是我的强项。"

身后传来一阵干涩的咯咯笑声,伊姆霍特普猛地转过身去,看到他的母亲正站在房门口,她挂着拐杖,看起来比往常更干瘦,表情更加不怀好意。

"我有一个多么了不起的儿子啊!"她说道。

"我不能再耽搁了,还有许多指示要告诉霍里。"伊姆霍特普一边念叨着一边快步走出屋,并尽量避免跟他的母亲有目光接触。

伊莎冲赫妮傲慢地点了下头,赫妮识趣地溜出门去。

诺芙瑞站了起来。她跟伊莎站在那里相互对视,伊莎说:"这么说,我儿子要把你留下来?你最好还是跟他一起走,诺芙瑞。"

"他希望我能留下来。"

诺芙瑞的声音柔和而谦恭,伊莎发出刺耳的咯咯笑声。

"要是你真想走,这样可没好处!而你为什么不想走呢?我不懂你。在这里能有什么好呢？你是一个住在城里的女孩，或者经常旅游。为什么你会选择这个一成不变的地方，跟一群，恕我直言，事实上并不喜欢你的人在一起呢？"

"所以你不喜欢我吗？"

伊莎摇摇头。

"不，我并不讨厌你。我老了，尽管我眼睛花了，但我依然能看到美好的事物并欣赏它。你太美了，诺芙瑞，看到你让我这一对老眼愉悦万分。因为你的美，我祝你一切顺利。我提醒你，最好和我的儿子一起去北地庄园。"

诺芙瑞又一次重复道："他希望我留在这儿。"谦恭的语气中明显带有一丝嘲讽的意味。

伊莎厉声道："你留在这儿一定有你的目的。我在想，到底是什么呢？好吧，随你的便吧，但要谨慎点，不要相信任何人。"

她坚定地转身离开。诺芙瑞静静地站在那里，慢慢地，她嘴角向上扬，露出一缕猫一样的微笑。

第二部分　冬季

第六章
第一个月 第四天

1

雷妮森养成了几乎每天上山去墓穴的习惯。有时候亚莫斯和霍里都在,有时候只有霍里自己在那儿,有时候那里空无一人,但雷妮森总能在那儿获得一种奇特的宽慰和安宁,一种解脱。她最喜欢霍里一个人在那里的时候,他带着某种庄重的气场,毫不惊慌地迎接她的到来,所有这些都给她一种异常满足的感觉。她会坐在石室入口的一块阴凉处,双手环膝,望着那片绿油油的耕作场和泛着银光的尼罗河,以及更远处的淡黄色、乳白色和粉红色光景,这一切都恍惚地混在一起。

她第一次到这儿来是几个月前,出于一种莫名想要逃离女性世界的冲动。她想要安宁与陪伴,在这里她发现能够如愿以偿。逃避的愿望一直伴随着她,但不仅仅是为了逃避压力和家中的烦恼,而是有更明确、更严肃的原因。

有一天,她对霍里说:"我害怕……"

"你为什么害怕,雷妮森?"他认真地看着她。

雷妮森想了一会儿,然后慢慢地说:"你还记得你曾对我说过,世界上有两种邪恶,一种来自外部,一种来自内部吗?"

"是的,我记得。"

"后来你说当时你是在说腐蚀水果和农作物的害虫,但我想……人大概也是如此。"

霍里缓缓地点了点头。"那么你现在明白了……是的,你说得对,雷妮森。"

雷妮森插嘴道:"现在它发生了,就在山下的屋子里。恶魔来了,从外面来了!我知道是谁把它带来的。是诺芙瑞!"

霍里缓缓地说:"你这么认为吗?"

雷妮森拼命点了点头。

"是的,是的,我知道我在说什么。听着,霍里,我当时说一切都是原来的样子,甚至莎蒂彼和凯特的争吵也是老样子,这是事实。但是那些争吵,霍里,不是真正的吵架。我的意思是,莎蒂彼和凯特喜欢那种争吵,她们用这种方式消磨时间,她们之间并没有真正的深仇大恨!但是现在不同了。现在她们不只是讲粗鲁、令人不愉快的话,甚至为能伤害到对方感到高兴!这太可怕了,霍里,太可怕了!昨天莎蒂彼愤怒地用一根长长的金针刺凯特的手臂;一两天前凯特把一铜盆滚烫的油脂泼到了莎蒂彼的脚上。这样的事情比比皆是。莎蒂彼责骂亚莫斯到深更半夜,我们都能听见她说的话。亚莫斯看起来总是魂不守舍、病怏怏的。索贝克离开家到村子里和其他女人们鬼混,每次都喝得醉醺醺的才回家,然后大喊大叫,说他是多么聪明!"

"这些大部分都是事实,我知道。"霍里不紧不慢地说,"但你为什么要责怪诺芙瑞呢?"

"因为这都是她在搞鬼!她总是说那些话,搬弄是非,耍小聪明,惹出事端。她就像赶牛的刺棒,她很聪明,知道说什么会有这种效果。有时候我觉得是赫妮告诉她……"

"是的,"霍里若有所思地说,"可能就是她。"

雷妮森打了个冷战。

"我不喜欢赫妮。我讨厌她鬼鬼祟祟的样子,她对我们大家如此热心,然而没人想要她所谓的奉献。我母亲怎么会把她带到这儿来,而且还么喜欢她?"

"我们听到的都是赫妮的一面之词。"霍里干巴巴地说。

"为什么赫妮那么喜欢诺芙瑞?总是围着她转,给她传话、奉承她?哦,霍里,我告诉你,我害怕!我讨厌诺芙瑞!我希望她走得远远的。她漂亮、残忍又坏心眼!"

"你真是个孩子,雷妮森。"然后霍里平静地加了一句,"诺芙瑞正往这儿走呢。"

雷妮森转过头。他们一起注视着诺芙瑞慢慢地沿着断崖峭壁边上的小径往上走,她自顾自地笑着,嘴里还低声哼着小曲。

走到他们坐着的地方时,她往四周看了看,然后微微一笑。那是一种开心又好奇的笑。"原来你每天都偷偷溜到这儿来,雷妮森。"

雷妮森没有回答。她很愤怒,像个被人发现了秘密基地的孩子一样。

诺芙瑞又看了看她。

"那么这就是那个著名的墓穴?"

"如你所说,诺芙瑞。"霍里说道。

她看着他,猫一样的嘴角露出一个狡黠的笑容。

"我毫不怀疑你在此有利可图,霍里。我听说你是个很有生意头脑的人。"

她的语气里略带一丝不善,但霍里不为所动,面带安静又庄重的微笑。

"它对我们大家都有好处……死亡总是有利可图。"

诺芙瑞往她的周围看了看,然后打了一个冷战,她的目光扫过供桌、陵地的入口还有假门。

她尖声叫道:"我痛恨死亡!"

"你不应该痛恨它,"霍里平静地说,"在埃及,死亡是财富的主要来源。死亡给你珠宝戴,诺芙瑞,死亡供你吃穿。"

她紧盯着他问:"你什么意思?"

"我的意思是伊姆霍特普是个祭司,一个丧葬祭司。他所有的土地、家畜、木材、亚麻、大麦,都是拜这墓穴所赐。"

他顿了一下,然后若有所思地接着说:"我们埃及人是一个奇怪的民族。我们热爱生命——所以我们很早就会着手为死亡筹备。全埃及的财富都流入金字塔、坟墓和祭祀活动中去了。"

诺芙瑞抵触地说:"你不要再谈论死亡了,霍里,我讨厌它!"

"因为你是真正的埃及人。因为你热爱生命。因为有时候,你能感觉到死亡的阴影离你很近……"

"停!"

她怒斥道,然后耸着肩,转身沿小径走了下去。

雷妮森满意地舒了一口气。

"我很高兴她走了,"雷妮森孩子气地说道,"你把她吓跑啦,霍里。"

"是的,我吓到你了吗,雷妮森?"

"没……没有。"雷妮森有些不太确定地说,"你说的是事实,只是我从前没有考虑过,我父亲确实是一个大祭司。"

霍里突然痛心地说:"全埃及都被死亡所困扰!你知道为什么吗,雷妮森?因为我们身上长着眼睛,心里却没有,我们不能想象此生之外的生活——死后的生活。我们只能延续想象我们已知的。我们并没有真正信仰神。"

雷妮森惊奇地看着他。

"你怎么能这么说，霍里？我们不是有很多很多的神吗？多到我都不能把他们的名字全部说出来。昨天晚上我们还在讨论各自心中最喜爱的神。索贝克全心信奉塞赫梅特①；凯特则经常向梅斯赫奈特②祈祷；卡梅尼作为一名书记员，信奉智慧之神图特是件再自然不过的事情。莎蒂彼喜欢鹰头的荷鲁斯③，也喜欢咱们的墓地守护神麦里特塞盖尔。亚莫斯说普塔神最该受人尊崇，因为是他创造了万物。我喜欢伊西斯④，而赫妮喜欢她故乡底比斯的阿蒙神⑤，她说祭司们预言有一天阿蒙会成为全埃及的神，所以她在他还是位小神的时候就崇拜他。还有太阳神——拉神，以及冥王奥西里斯。"

雷妮森停下来，喘了口气，霍里一直看着她微笑。

"那么，雷妮森，神和人有什么不同呢？"

她瞪大眼睛看着他。"神都有魔力呀！"

"就这样吗？"

"我不懂你什么意思，霍里。"

"我的意思是，对你来说，神不过是一个男人或女人，只不过他们能做普通男女做不了的事情。"

"你竟然说这么古怪的话！我不懂你的意思。"

她一脸迷惑地看着他，然后朝山谷望去，她的注意力被一些

---

① 塞赫梅特：古埃及神话中的母狮神。
② 梅斯赫奈特：人首蛇身的生育之神。
③ 荷鲁斯：法老的守护神、复仇之神。
④ 伊西斯：母性与生育之神。
⑤ 阿蒙神：底比斯成为埃及都城后，阿蒙神成为新的太阳神，后来和拉神融合为阿蒙拉。

别的事情吸引了。

"看,"她叫道,"诺芙瑞正在和索贝克说话。她在笑。哦——"她突然深吸了一口气,"不,没什么。我以为他要打她。她要回家了,索贝克朝这边过来了。"

索贝克像一阵暴风一样朝这边走来。

"愿鳄鱼把那个女人吞掉!"他叫道,"我父亲真是糊涂极了,竟然找她做小妾!"

"她和你说了什么?"霍里好奇地问道。

"她像往常一样侮辱我!问我父亲还有没有让我经手其他木材的生意。真是最毒妇人心,我真想杀了她。"

他顺着平台走过去,捡起一块石头,奋力扔到谷底。石头弹撞岩壁的声音似乎使他很愉快,他又去撬了一块大点的石头,却因为看到一条盘在石头下面的蛇突然惊跳了起来。那条蛇仰着头,一边嘶嘶吐着信子,一边直起身来。雷妮森发现这是一条眼镜蛇。

索贝克抄起一根重重的木棒猛地向那条蛇攻击,它的脊背很快就被打断了,但索贝克仍然继续猛击那条蛇。他的头向后仰,双眼冒火,嘴里还喃喃自语,雷妮森听不清他说了些什么。

她大声喊道:"停,索贝克,停下——它已经死了!"

索贝克停了下来,然后扔下木棍,大笑起来。

"这世界上又少了一条毒蛇。"

他继续笑着,似乎恢复了原来的好心情,没一会儿便离开了这里,朝山下走去。

雷妮森低声说道:"我觉得索贝克——喜欢杀戮!"

"没错。"

霍里言语中没有丝毫惊讶,他无非是在认可一个他已经充分了解的事实。雷妮森转身看着他，霍里缓缓地说："蛇是危险的动物。但那条眼镜蛇看起来是那么的漂亮……"

她低头看着那血肉模糊的躯体，不知道为什么，心里感到一阵绞痛。

霍里恍惚地说："记得我们都还是小孩子的时候，索贝克攻击了亚莫斯，亚莫斯比他大一岁，但索贝克却更高更壮。他举起一块石头猛击亚莫斯的头部，你的母亲赶紧跑过来把他们拉开。我还记得她是怎样站在那里低头看着亚莫斯的，还有她是如何斥责的。'你不能这么做，索贝克，太危险了！我告诉你，这太危险了！'"霍里停顿了一下继续说，"她很漂亮……当我还是个孩子的时候就这么想。你长得很像她，雷妮森。"

"我？"雷妮森感到很开心，很温暖。然后她问道："亚莫斯伤得很重吗？"

"不，看起来并不严重。第二天索贝克却病得很厉害，可能是因为他吃了什么东西，但你母亲说是由于他身上的火气和炎热的天气导致的，那时正值仲夏。"

"索贝克脾气太暴躁了。"雷妮森若有所思地说。

她又看了一眼那条死掉的蛇，然后打了个冷战，离开了。

2

当雷妮森回到家的时候，卡梅尼正拿着一卷莎草纸坐在前廊。他嘴里唱着歌，雷妮森停了停脚步，听着歌词。

"我要到孟斐斯去，"卡梅尼唱道，"我要去见真理之神普塔。我要对普塔说，'今夜把我的情人给我。'溪流似甜酒，普塔似溪边的芦苇，塞赫梅特似水中的莲花，艾瑞特似蓓蕾，奈夫图似花朵。我要对普塔说,'今夜把我的情人给我。'天色在她的美中破晓。孟斐斯如美人面前的一盘爱果……"

他抬起头,面带微笑,看着雷妮森。

"你喜欢我的歌吗,雷妮森?"

"这是什么歌?"

"一首孟斐斯城的情歌。"

他目不转睛地看着她,温柔地唱道:"她的双臂抱满鳄梨花枝,她的发丝弥漫着香气,她就像人间与地府主宰之神的公主。"

雷妮森脸颊泛红,她快步走过前廊进了屋,差点和诺芙瑞撞了个满怀。

"你为什么这么着急,雷妮森?"

诺芙瑞的声音非常尖锐,雷妮森惊异地看着她。诺芙瑞脸上没有一丝笑容,表情冷酷又紧张,雷妮森注意到她的双手在身体两侧紧握着。

"对不起,诺芙瑞,我没有看到你。我刚从外面进来,这儿太暗了。"

"是的,这里很暗……"诺芙瑞停顿了一下,"你在外面一定很高兴。在门廊那儿,听着卡梅尼唱情歌。他唱得很好,不是吗?"

"是——是的,我认为他唱得很好。"

"然而你为什么不待在那儿听呢?卡梅尼会很失望的。"

雷妮森又一次感觉到自己的脸颊发烫,诺芙瑞冷嘲热讽的目光让她很不自在。

"你不喜欢情歌吗,雷妮森?"

"这和你有关系吗,诺芙瑞?无论我喜不喜欢。"

"小猫还有爪子呢!"

"你是什么意思？"

诺芙瑞大笑着。"你并不像看起来那么愚蠢，雷妮森，那么你觉得卡梅尼很帅气吗？哦，那无疑会让他感到很高兴的。"

"我觉得你真令人讨厌。"雷妮森愤怒地说道。

她从诺芙瑞身边跑开，走进里院。她听到了诺芙瑞尖锐的嘲笑声，然而透过那笑声，她的脑海里清楚地回响着卡梅尼的声音，以及他双眼注视着她脸庞时所唱的歌……

3

那天晚上，雷妮森做了一个梦。

她和凯伊一起在冥府的死亡之船上航行。凯伊站在船头，她只能看到他的后脑勺。然后当他们划到快要日出的时候，凯伊转过头来，雷妮森发现那不是凯伊而是卡梅尼。与此同时，船首的蛇头开始扭曲蠕动，这是一条活着的毒蛇，一条眼镜蛇。雷妮森想：这是条从坟墓里爬出来吃死人灵魂的毒蛇。她吓得瘫倒在地上，然后她看见蛇的脸变成了诺芙瑞的脸，她惊醒过来大叫着："诺芙瑞……诺芙瑞……"

她没有真的叫出声来吗？这一切都发生在梦里。她仍旧躺在那儿，心怦怦地乱跳。她告诉自己这都不是真的。然后她突然想道：那正是昨天索贝克杀死那条蛇的时候嘴里嘟囔的话，他说："诺芙瑞，诺芙瑞……"

第七章
第一个月 第五天

1

雷妮森的梦使她一直处于半梦半醒的状态。在那之后她只是断断续续地眯了一会儿,直到早晨都不能完全踏实入睡。她感觉自己仿佛被一种隐约的邪气缠绕着。

她早早地起来走出房间,像往常一样,下意识地朝尼罗河走去。那里已经有渔夫出来捕鱼了,有一艘大船正在整齐有力的划桨声中驶向底比斯城,其他的一些船则只是在阵阵微风中缓慢前行。

雷妮森的内心波涛汹涌,有一种说不出的欲望让她心绪不宁。她想:我感觉……我感觉……但她说不出那是什么感觉。也就是说,她找不出合适的词汇来描述这种感觉。她想:我想要……但我想要什么呢?

她想要的是凯伊吗?凯伊已经去世了,他再也不会回来了。她自言自语道:"我不应该再想凯伊了。想他还有什么用呢?都结束了,一切都结束了。"

然后她注意到有个人影,那个身影正站在那里注视着那条驶往底比斯的大船,不知为何,那个身影静若止水的模样让雷妮森有些莫名的感动，即使后来她认出了那是诺芙瑞。

诺芙瑞眺望着尼罗河，只身一人。诺芙瑞……在想些什么呢？

有那么一刻雷妮森心里一惊，她忽然意识到她们都对诺芙瑞知之甚少。她们已经把她当作一个敌人了，一个陌生人，并且对她的生活或故乡没有任何兴趣或者好奇心。

雷妮森突然想到，诺芙瑞只身一人来到这里一定很伤心，没有朋友，还天天被一群讨厌她的人包围着。

雷妮森缓缓地向前走，直到站在诺芙瑞的身旁。诺芙瑞转过头，接着又转回去，继续注视着尼罗河，她的脸上毫无表情。

雷妮森怯生生地说："河上有很多船。"

"是啊。"

雷妮森在某种想要表达友善的情绪驱使下，继续说道："这跟你来的地方会不会有点儿像呢？"

诺芙瑞笑了一下，是那种短促而又心酸的笑。

"不，不像。我父亲是孟斐斯城的商人。孟斐斯城总是那么欢乐有趣，那里充满了音乐、歌声和舞蹈。而我父亲四处周游，做生意。我和他去过叙利亚，到过羚羊鼻之外的比布鲁斯城，我和他一起在大海上航行过。"她自豪又兴奋地讲道。

雷妮森静静地站着，她的思绪很缓慢地接收这些话，但兴趣和理解却在增强。

"那这里对你来说一定乏味至极吧。"她不紧不慢地说。

诺芙瑞厌倦地笑了一下。

"这里死气沉沉，毫无生气。除了耕作、播种、收割、放牧，其他什么都没有。只有讨论收成，争论亚麻布的价格。"

雷妮森在一旁静静地看着诺芙瑞，心里琢磨着一些从未有过的念头。

但是突然，一种愤怒、痛苦和绝望从她身旁这个女子身上爆发出来。

雷妮森想：她和我一样年轻，甚至比我还年轻。可她却是那个老男人的小妾，那个总是大惊小怪、仁慈但又有些滑稽的老男人，我的父亲……

只是，雷妮森又对诺芙瑞有多少了解呢？一点都不了解。她昨天大叫着"她漂亮残忍又坏心眼"的时候，霍里说什么来着？

"你还是个孩子，雷妮森。"那就是霍里说的话。雷妮森现在明白他的意思了：她的那些话毫无意义，你不能那么轻易地给别人下定论。隐藏在诺芙瑞残忍笑容背后的是何等的悲伤、辛酸和绝望啊！雷妮森做了什么，她们大家又都做了什么，让诺芙瑞感受到过欢迎呢？

雷妮森吞吞吐吐，孩子气地说："你讨厌我们大家，我明白为什么了。我们都很不友好。但现在还不算太晚，我们——你和我，诺芙瑞，难道我们就不能彼此以姊妹相待吗？你远离你所熟悉的一切，孤身一人……我能帮你什么吗？"

她说完后，陷入了沉默的踌躇，诺芙瑞慢慢地转过身来。

有那么一两分钟，她的脸上毫无表情。雷妮森想，在她的眼神中甚至还有一丝短暂的柔和，在清晨的静谧中，她感受到了一种异常清晰的安宁。诺芙瑞仿佛在犹豫着什么，似乎雷妮森的话已经打动了她犹豫不决的内心。

这是一个奇妙的时刻，一个到后来雷妮森也铭记在心的时刻……

然后，渐渐地，诺芙瑞的表情有了变化。变得异常恶毒，眼里也充满了恶意。面对着她仇恨的目光，雷妮森畏缩地向后退了一步。

诺芙瑞用低沉而又充满恶意的语调说道:"走开!我不想从你们那儿得到任何东西!你们这群傻子!你们都是这样,你们每个人都是……"

她不再接着说下去,而是转身朝屋子快步走去。

雷妮森慢慢地跟在她的后面。奇怪的是,诺芙瑞的话没有让她感到生气,她看到她的眼里仿佛裂开了一道仇恨痛苦的深渊——这是她尚不熟悉的一种情感。她只是朦朦胧胧地觉得,这种感觉一定很不好受。

2

当诺芙瑞穿过大门,走进庭院的时候,凯特的一个孩子刚好从她面前跑过,正在追一个皮球。

诺芙瑞生气地把这个孩子用力一推,小女孩被推倒在地上,哇的一声哭了出来。雷妮森迅速跑过去把她扶起来,愤怒地说:"你不应该这么做,诺芙瑞!你伤到她了,看!她的下巴磕破了。"

诺芙瑞尖声笑道:"我应该小心不去伤害这些被宠坏的小孩吗?为什么?他们的妈妈小心地对待过我的感受吗?"

凯特听到孩子的哭声从屋里跑出来,她跑到孩子面前,仔细地检查了孩子受伤的脸庞,然后转身面向诺芙瑞。

"恶魔!毒妇!你个魔鬼一样的家伙!看我们怎么收拾你!"

她用尽全身力气打了诺芙瑞一个耳光。雷妮森惊叫着抓住她的手,不让她再次动手。

"凯特——凯特——你不能这么做。"

"谁说的?让诺芙瑞自己瞧瞧。她在这儿可是孤军奋战!"

诺芙瑞静静地站着。凯特红红的掌痕清晰地印在她的脸颊上,眼角附近的皮肤被凯特手腕上戴的镯子划破了,一滴鲜血从她的脸上流下来。

但诺芙瑞的表情却让雷妮森迷惑不解——是的,让她惧怕。诺芙瑞表现得并不生气。与之相反,她的眼里露出一种古怪而又狂喜的神情,她的嘴角再度向上扬起,露出一抹猫一样的、满意的微笑。

"谢谢你,凯特。"她说。

然后她径直走进房里去了。

3

诺芙瑞低垂着眼帘,柔声叫着赫妮。

赫妮跑过来,看到诺芙瑞的脸后突然停住,尖叫起来。诺芙瑞打断了她的惊叫。

"把卡梅尼给我叫来,告诉他带着笔筒、墨水还有莎草纸。我要写封信给主人。"

赫妮的眼睛紧紧地盯着诺芙瑞的脸颊。

"写给主人……我明白……"

然后她问道:"这是谁——干的?"

"凯特。"诺芙瑞平静而又意味深长地微笑了一下。

赫妮一边摇着头一边咂舌。

"这真是太糟糕了,太糟糕了……主人当然必须要知道这件事。"她突然很快地扫了一眼诺芙瑞,"是的,伊姆霍特普必须知道。"

诺芙瑞柔和地说:"你和我的想法一样,赫妮,我想我们必须这么做。"

然后她从亚麻长袍的衣角上解下一块镶金的紫水晶,塞到这个老妇人手里。

"赫妮,你和我,都应当牢记伊姆霍特普带来的福祉。"

"这对我来说太贵重了,诺芙瑞……你太慷慨了……多么可爱的工艺品。"

"伊姆霍特普和我都欣赏忠实尽责的人。"

诺芙瑞一直在微笑,她的眼睛眯成一条缝,像猫一样。

"把卡梅尼叫来。"她说,"你和他一起过来。你们都是事情的目击者。"

卡梅尼有点儿不太情愿地来到诺芙瑞面前,他一直紧紧皱着眉头。

诺芙瑞傲慢地说道:"你还记得伊姆霍特普临行时的指示吗?"

"是的。"卡梅尼说。

"那么时候到了,"诺芙瑞说道,"坐下,蘸好笔墨,按我说的写。"卡梅尼仍在犹豫不决。她不耐烦地说:"你所写下的将是你亲眼所见、亲耳所闻的事情。赫妮可以证实我说的话。这封信务必秘密地私下送出去。"

卡梅尼慢吞吞地说:"我不喜欢——"

诺芙瑞勃然大怒道:"我对雷妮森没有任何怨言,她是一个温柔又软弱的傻子,但她从没有想过伤害我。这下你满意了吗?"

卡梅尼古铜色的脸颊泛起红来。

"我并不是那个意思——"

诺芙瑞缓和下来,说:"我认为你是的……过来,履行你的职责，写吧。"

"是的，写吧。"赫妮说，"发生了这种事情，我简直悲痛欲绝，伊姆霍特普当然有必要知道发生了什么。我一直认为，一件事，不管你多么不喜欢做，也必须恪尽职守，尽职尽责。"

诺芙瑞柔声笑着。

"我相信你就是这样做的，赫妮。你确实尽职尽责，卡梅尼也会如此。这样，我也能做我想做的事情……"

但是卡梅尼仍在犹犹豫豫。他的脸紧绷绷的，充满了愤怒。

"我不喜欢这样，"他说，"诺芙瑞，你最好花点时间再好好想想。"

"你竟敢这样和我说话！"

卡梅尼顿时脸更红了。他避开她的目光，但脸上仍充满了愠怒。

"你要小心了，卡梅尼，"诺芙瑞不紧不慢地说，"我对伊姆霍特普很有影响力，他听我的话。到目前为止他都很喜欢你——"她意味深长地停下来。

"你在威胁我，诺芙瑞？"卡梅尼生气地质问道。

"也许吧。"

他生气地看了她一会儿，然后低下头。

"我会按你说的写，诺芙瑞，但是我觉得——是的，我觉得——你会后悔的。"

"你在威胁我吗，卡梅尼？"

"我只是想提醒你……"

第八章
第二个月 第十天

1

日复一日，雷妮森有时候感觉自己正生活在梦境之中。

她不再怯生生地向诺芙瑞做任何提议。她现在只是很害怕她。诺芙瑞的身上有很多让她无法理解的事情。

自从那天在庭院发生了那一幕以后，诺芙瑞变了，她身上总是散发着满满的自信，欣喜若狂，让雷妮森难以揣测。有时她觉得自己先前认为诺芙瑞很忧伤一定是个荒谬的错误。诺芙瑞似乎对生活、对她自己以及周围的一切都非常满意。

然而，实际上，她周围的一切显然都在向更坏的方向发展。在伊姆霍特普离开的日子里，雷妮森觉得，诺芙瑞一直蓄意在这个家中播撒纷争的种子。

现在全家人都紧密地团结起来，一致对外。莎蒂彼和凯特不再有任何分歧，莎蒂彼也不再斥责可怜的亚莫斯。索贝克也显得比以前安静，不再像曾经那样总是自夸了。伊彼不再对他的兄长们那么放肆无礼。这个家庭似乎正在形成一种新的和谐，而这种和谐并没有给雷妮森带来多少安宁的感觉——因为这种和谐中涌动着一股针对诺芙瑞的异样又不怀好意的暗流。

这两个女人,莎蒂彼和凯特,不再和她争吵——她们避开她,不再和她说话。无论诺芙瑞走到哪儿,她们都会立刻召集孩子到别的地方去。与此同时,古怪的、令人烦恼的小事开始不断发生。一件诺芙瑞的亚麻衣服被熨斗烫坏了,还有许多衣服的颜色互相串染。有时她会在衣服里发现一些荆棘条,或者在床上发现一只蝎子。给她送去的食物不是味道太重,就是吃起来寡淡无味。有一天,她的那份面包里竟然有一只死老鼠。

这是一种无声无息、持续不断的细小伤害。一切都是暗箱操作,不留痕迹——这基本上就是一场女人之间的战争。

后来有一天,老伊莎派人把莎蒂彼、凯特和雷妮森找来。当她们到齐的时候,赫妮早已站在那儿了,她摇头搓手,站在后面。

"哈!"伊莎用她一贯冷嘲热讽的神情盯着她们,说,"所以我聪明的孙女们都到了。你们都对自己做的那些事怎么想?我听说诺芙瑞的裙子总是被毁掉,她的食物也难以下咽?"

莎蒂彼和凯特微微一笑,一种不怀好意的笑。

莎蒂彼说:"诺芙瑞有抱怨吗?"

"没有,"伊莎说,她用手把那顶即使在屋里也会经常戴着的假发往边上推了推,"没有,诺芙瑞没有抱怨过,但这正是我所担心的。"

"但这不会让我担心。"莎蒂彼摇晃着她漂亮的脑袋说。

"因为你是个傻瓜,"伊莎厉声说道,"诺芙瑞的脑子比你们当中任何一个都要聪明一倍。"

"那就等着瞧吧。"莎蒂彼看上去很自鸣得意,并乐在其中。

"你们以为你们在干什么?"伊莎追问道。

莎蒂彼的脸色变得难看起来。

"您是个老人了,伊莎,我说话不能有失恭敬。但是对于我们这些有丈夫和年幼孩子的人来说,有些我们认为很重要的事情对您来说可能已经无所谓了。我们已经决定自己处理这件事了,我们会用自己的办法对付一个我们大家都不喜欢也不接受的女人。"

"说得真好,"伊莎说,"说得可真好。"她咯咯笑道:"但漂亮话谁都会说,百里外磨坊里的奴隶也能。"

"简直是至理名言。"赫妮在背后叹了口气。

伊莎转过身面对着她。

"来,赫妮,诺芙瑞对这一切作何评价?你应该知道,你总是和她在一起。"

"伊姆霍特普叫我这样做,虽然我很反感,但我必须执行主人的命令。你不会认为我希望——"

伊莎打断了她可怜兮兮的自说自话。"我们都很了解你,赫妮,总是忠诚奉献,却很少受到应得的感激。我现在问你,诺芙瑞对这一切都是怎么说的?"

赫妮摇了摇头。

"她什么也没说,只是微笑。"

"确实如此。"伊莎从她肘边的盘子里拿起一颗甜枣,检查了一下,放进嘴里,然后突然略带刻薄地说道:"你们都是傻子,你们都是。本事都在诺芙瑞那边,而不是你们这边,你们所做的一切都在她的掌控之中,我敢发誓,你们做的这些事甚至让她感到高兴。"

莎蒂彼尖声地说:"没有意义!诺芙瑞孤身一人,她有什么本事?"

伊莎冷冷地回答:"本事就是一个年轻漂亮的女人嫁给了一

个上了年纪的男人。我知道我在说些什么。"伊莎又很快转过头去,"赫妮,你知道我说的是什么。"

赫妮吃了一惊,她叹了口气,然后又开始摩搓双手。

"主人会为她考虑很多——自然——是的,相当自然。"

"到厨房去。"伊莎说,"把枣和那些叙利亚的酒拿来。对了,还有蜂蜜。"

赫妮离开后,这个老妇人继续说道:"有种邪恶正在酝酿,我能感觉到。莎蒂彼,你是这里的头儿,当你觉得自己很聪明的时候最好小心一点,不要让诺芙瑞找到可乘之机。"

她身体向后一靠,闭上了眼睛。

"我已经警告过你了,现在你们走吧。"

"我们都在诺芙瑞的掌控之中,真是的!"当她们走出屋子来到湖边的时候,莎蒂彼摇头晃脑地说,"老伊莎真是老了,竟然有如此诡异的想法,说什么我们都在诺芙瑞的掌控之中!我们不会做任何她可以打小报告的事情。但我认为,是的,我认为她很快会为到这儿来而后悔的。"

"你太残忍了,太残忍了!"雷妮森叫道。

莎蒂彼一脸惊讶。

"别装作你很爱诺芙瑞一样,雷妮森!"

"我没有。但你说的话是那么的、那么的恶毒!"

"我要为我的孩子还有亚莫斯着想!我不是一个逆来顺受的女人,也不是一个能够忍辱负重的人。我有自己的雄心抱负。如果能拧断那个女人的脖子,我会觉得无比开心。不幸的是事情没那么简单,不能惹伊姆霍特普生气。但是我想……最终……有些事总能想办法解决。"

2

信就像刺鱼的长矛一样到来了。

当霍里读出写在莎草纸上的那些内容时,亚莫斯、索贝克、伊彼全都目瞪口呆、哑口无言。

> 难道我没告诉过亚莫斯如果我的爱妾受到任何伤害我会拿他问罪吗?在我有生之年,我和你势不两立!我将不会再和你住在一个屋檐下,因为你不懂得尊重我的爱妾诺芙瑞!你也不再是我的亲儿子了。索贝克和伊彼也不再是。你们每个人都伤害了我的诺芙瑞。这里有卡梅尼和赫妮做证,我要把你们扫地出门——你们每个人!我一直供养你们,现在我不再为你们提供任何供养了。

霍里停顿了一下,然后继续读道:

> 大祭司伊姆霍特普向霍里致辞,忠诚的你,生活得如何?是否平安健康?替你向我的母亲伊莎、我的女儿雷妮森致意,问候赫妮。望你在我回家前细心照看我的家业,为我准备好文件,让我的爱妾诺芙瑞能够以我妻子的身份来分享我的一切财产。亚莫斯和索贝克都不能与我合伙做事,我也不会再供养他们,在这里我宣布废除他们现有的权利,因为他们伤害了我的爱妾!请把这一切安排好,直到我归来。一个人的家人竟然会伤害他的爱妾,这是多么罪大恶极!至于伊彼,替我警告他,如果他伤害到我的女人,他也会被逐出家门。

在一阵令人窒息的沉默后,索贝克的怒火突然爆发了出来。

"怎么会这样?父亲都听说了些什么?谁编瞎话给他的?我们就要这么忍着吗?父亲不能这样剥夺我们的继承权,把所有财产都给他的小妾!"

霍里柔声说道:"这会引起非议的,而这也不能被视为正当行为。但从法律的角度说,他有这个权利。他可以按自己的意愿立下授权契约。"

"她简直蛊惑了他!那条阴险、喜欢奚落别人的毒蛇对他下了咒语!"

亚莫斯目瞪口呆地喃喃自语道:"真让人难以置信,这不可能是真的。"

"父亲疯了——疯了!"伊彼叫道,"他竟然听信于那个女人而斥责我!"

霍里严肃地说:"伊姆霍特普不久就会回来。他说的那些话……到那时他的怒火可能就熄灭了,他不可能真的按照他说的那个意思去做。"

忽然传来一阵短促而又不快的笑声,原来是莎蒂彼在笑,她站在内庭的门口看着大家。

"所以这就是我们要做的,是不是,最优秀出色的霍里?就在这儿干等?"

亚莫斯缓缓地说:"我们还能怎样?"

"还能怎样?"莎蒂彼吊起嗓门来,尖叫道,"你们的血管里流的都是什么?牛奶?我知道,亚莫斯不是一个男子汉!但是你,索贝克,你对此也无计可施了吗?一刀插进她的心脏里,那个女孩就再也不能伤害我们了。"

"莎蒂彼,"亚莫斯大叫道,"父亲永远不会宽恕我们的!"

"那是你说的。但是我告诉你,一个死去的妾跟活着的可不一样!一旦她死了,你父亲的心就会再次回到他的儿孙身上。再说,他怎么会知道她是怎么死的?我们可以说是一只毒蝎子把她蜇死的!我们是一头儿的,不是吗?"

亚莫斯迟疑了一下,说:"父亲会知道的,赫妮会告诉他。"

莎蒂彼发出一阵歇斯底里的笑声。

"最谨小慎微的亚莫斯!最最温柔、处处小心的亚莫斯!应该让你去内院做女人的工作。塞赫梅特在上!我竟然嫁给了一个没有男子气概的人。而你,索贝克,你只会说大话,你有什么勇气,有什么决心?我对太阳神发誓,我比你们两个男的都强。"

她扭身扬长而去,一直站在她身后的凯特向前迈了一步。

她压着低沉而颤抖的声音说:"莎蒂彼说得对!她比你们几个都强。亚莫斯、索贝克、伊彼,你们就全都坐在这儿无动于衷吗?我们的孩子怎么办,索贝克?丢出去饿死?很好,如果你不采取行动,那么我来,你们都不是男子汉!"

她走出去后,索贝克跳了起来。

"九柱之神在上,凯特说得对!这是件男人的工作。而我们却只坐在这儿来来回回地讨论、摇头。"

他跨步朝门口走去,霍里在他的身后喊道:"索贝克,索贝克,你要去哪里?你要去干什么?"

索贝克,英俊而勇猛,从门口那边吼道:"我要采取行动。这是显而易见的,我要做点让我觉得高兴的事去!"

3

雷妮森走出屋子来到门廊上,她在那里站着,用双手遮住眼前的光线。

她感到虚弱,心中充满了莫名的恐惧。她自言自语,机械地重复着嘴里的话:"我必须警告诺芙瑞……必须警告她……"

她能听到身后屋子里男人们的说话声,那是霍里和亚莫斯交谈的声音。除此以外,还有高过他们嗓门的、清晰、刺耳、充满孩子气的伊彼的声音。

"莎蒂彼和凯特说得对,家里没有一个男人!可我是个男人。是的,我在心理上是个男人,即便年龄上还不算是。诺芙瑞奚落取笑我,我要让她看看我不是个小孩子。我不会让父亲生气。我了解他,他现在受蛊惑了,那个女人对他下了咒。如果她被除掉,他的心就会重新回到我身上!我是他最爱的儿子。你们都拿我当小孩子看,可是你们等着瞧吧,是的,你们等着瞧吧!"

他猛地冲出屋子,刚好和雷妮森撞了个满怀,差点把她撞倒。她抓住他的袖子。

"伊彼,伊彼,你要去哪里?"

"去找诺芙瑞,让她看看她是否还敢嘲笑我!"

"等一下,你必须冷静下来。我们不能这么鲁莽!"

"鲁莽?"男孩不屑地笑道,"你可真像亚莫斯,谨慎!小心!凡事不能操之过急!亚莫斯就像个老太婆,而索贝克只会耍嘴皮吹牛。放开我,雷妮森!"

他挣脱掉紧紧抓住他亚麻衣袖的雷妮森。

"诺芙瑞,诺芙瑞在哪儿?"

赫妮刚好从屋子里慌慌张张地跑出来,她喃喃自语道:"哦,天哪,这可大事不妙。非常不妙。大家都是怎么了?我亲爱的女主人会怎么说?"

"诺芙瑞在哪儿,赫妮?"

雷妮森大叫:"不要告诉他!"但是赫妮已经说了。

"她从后边出去,去亚麻地里了。"

伊彼转身冲进屋子,雷妮森满脸责备道:"你不该告诉他的,赫妮。"

"你不信任老赫妮,你从来都不相信我。"她话里充满了可怜兮兮的抱怨,"但是可怜的老赫妮知道她在做什么,这个孩子需要时间冷静下来。他是不会在亚麻地里找到诺芙瑞的。"说完她咧嘴一笑,补了句,"诺芙瑞在这里,在小亭子里,和卡梅尼在一起。"

赫妮冲着院子点了点头,然后她又用有点过于强调的语气重复了一遍:"和卡梅尼在一起呢……"

然而雷妮森并没有听到,她早已动身离开了院子。

泰蒂拖着她的木狮子,从湖边跑来扑向她的母亲,雷妮森把她抱起来。抱着自己的孩子时,她意识到了驱使莎蒂彼和凯特的那种力量:这些女人都在为她们的孩子而斗争。

泰蒂有点焦躁地叫着:"不要抱得这么紧,妈妈,不要抱这么紧,你弄疼我了。"

雷妮森把孩子放下来。她慢慢地穿过院子。在亭子的另一端,诺芙瑞和卡梅尼正站在一起。雷妮森走过来时,他们转过身来。

雷妮森屏住呼吸,快速地说:"诺芙瑞,我是来警告你的,你必须小心,必须保护好自己。"

一种不屑又惊讶的神情从诺芙瑞脸上掠过。

"这么说那些狗已经在吠叫了?"

"他们非常生气,他们会伤到你的。"

诺芙瑞摇了摇头。

"没有人能伤到我。"她极其自信地说,"如果他们真的伤到了我,你父亲就会接到报告,他会报复的。他们停下来想想就会知道。"她哈哈笑着说,"他们多傻啊。用一些小玩意儿来侮辱、迫害我!他们一直被我玩弄在手掌心中。"

雷妮森缓缓地说:"这么说你一直都在计划这些?我替你感到难过。我以为都是我们不好!我不再替你难过了……我想,诺芙瑞,你可真够邪恶的。当你死后接受四十二宗罪审判的时候,你不能说'我没有造过任何罪孽',你也不能说'我从不贪婪',而当你的心被摆到真理的天平上时,是会往下沉的。"

诺芙瑞阴沉地说:"你好像突然变得非常虔诚了。但我可没伤害过你。我没说过你什么坏话,雷妮森,你问问卡梅尼是不是这样。"

说完她穿过院子,踏着台阶走到门廊上,赫妮出来碰到她,两个女人便一起走进屋里去了。

雷妮森慢慢转过身,面对着卡梅尼。

"这么说,卡梅尼,是你帮她这样对付我们的?"

卡梅尼急忙说道:"你在生我的气吗,雷妮森?但我能怎样呢?伊姆霍特普临行前郑重地嘱咐我,任何时候都必须按诺芙瑞的吩咐去写信。请你不要责怪我,雷妮森,我还能怎样呢?"

"我不怪你,"雷妮森缓缓地说,"我想,你不得不执行我父亲的命令。"

"我不喜欢那样做。真的,雷妮森,信里没有一个字是对你不利的。"

"好像我很在乎似的。"

"但是我在乎,不管诺芙瑞对我说什么,我都不会写下任何可能伤害到你的话,雷妮森,请相信我。"

雷妮森茫然地摇了摇头。卡梅尼拼命强调的这一点对她来说并不那么重要。她感觉受到了伤害,非常气愤,就好像卡梅尼在某种程度上辜负了她。然而,他毕竟只是个陌生人。尽管血脉相连,他仍然是父亲从这个国家的远方带来的一个陌生人。他是个次级书记员,雇主交给他的任务他都必须服从并执行。

"我写的是事实,"卡梅尼坚持道,"没有半句谎言,我可以发誓。"

"不,"雷妮森说,"不会有谎言。诺芙瑞太聪明了,没必要说谎。"

毕竟,老伊莎是对的。莎蒂彼和凯特扬扬得意的那些小迫害正是诺芙瑞想要的。难怪她一直露出她那猫一样的微笑。

"她太坏了,"雷妮森说出了心声,"没错!"

卡梅尼同意道:"是的。她就是个邪恶的家伙。"

雷妮森转过身,好奇地看着他。

"你在她来这里之前就认识她,不是吗?你在孟斐斯城就认识她?"

卡梅尼满脸通红,显得很不自在。

"我跟她不熟……我听说过她。他们说,她是一个骄傲的女孩,总是野心勃勃,性格很难对付,而且是个记仇的人。"

雷妮森突然不耐烦地把头往后一仰。

"我不相信,"她说,"我父亲不会按照他在信上威胁的那样做的。他现在正在气头上,但他不能这么不公平。他回来的时候会原谅这一切的。"

"他回来的时候,"卡梅尼说,"诺芙瑞会努力不让他改变主意的。你不了解诺芙瑞,雷妮森。她非常聪明,非常坚决。而且记住,她非常漂亮。"

"是的,"雷妮森承认道,"她是很漂亮。"

她站起来。由于某种原因,诺芙瑞很漂亮这一想法伤害到了她……

4

雷妮森用了一整个下午的时间来和孩子们玩耍。当她加入他们的游戏中时,心中那模糊的痛楚才有所缓解。直到太阳落山,她才直起身,梳理头发,整理好起褶的裙子。此时她有点纳闷,为什么莎蒂彼和凯特没有像往常一样出来。

卡梅尼早就离开了院子。雷妮森慢慢地穿过庭院,走进屋里,客厅里没有人,她又向前走进妇女们活动的地方。伊莎在屋子的一角打着瞌睡,她的小女奴正在给一堆亚麻布做记号。厨房里的人烘烤着长条三角面包,其他地方都没人在。

这种奇特的空虚感压迫着雷妮森的神经,大家都去哪儿了?

霍里可能到山上的墓室去了。亚莫斯可能和他在一起或者在田里,索贝克和伊彼可能去放牧了,或者在谷仓里监工,但是莎蒂彼和凯特在哪儿呢?哦,对了,诺芙瑞在哪儿呢?

诺芙瑞空荡的房间里充满了浓烈的香膏味。雷妮森站在门口,注视着那小小的木枕头、珠宝盒、一堆圆珠手串和嵌着甲虫宝石的戒指。香水、香膏、衣服、亚麻布床单、拖鞋……全都带着它们主人的气场,带着一种陌生人、敌人的气场。

雷妮森感到很奇怪,诺芙瑞能去哪儿呢?

她慢慢地向后门走去,正好碰到赫妮进来。

"大家都跑哪儿去了,赫妮?除了我祖母外,屋子里空无一人。"

"我怎么知道,雷妮森?我一直都在工作,忙着织布。哪有时间留意这么多的事。我可没时间出去散步。"

雷妮森想,这说明有人出去散步了。或许是莎蒂彼跟着亚莫斯上山,到墓穴那里继续训斥他了?但凯特呢?凯特可不像可以离开她的孩子很长时间的人。

又一次,一股怪异又不安的暗流在她心中涌起。

诺芙瑞在哪儿?

赫妮仿佛读出了她的心思,替她说出了答案。

"至于诺芙瑞,她很早以前就上山到墓室去了。哦,对了,霍里和她很相称。"赫妮不怀好意地笑笑,"霍里也很有头脑。"她向雷妮森贴近了一点,"我真希望你知道,雷妮森,我对这一切是多么厌烦。她来找我,你知道,那天……她的脸上带着凯特的掌印,还一直流着血,她又要卡梅尼写信,让我来做证。当然我不能说我没看到!哦,她是个聪明人,而我,一直都想着你亲爱的母亲……"

雷妮森推开她走了出去,融入金光灿烂的余晖之中。浓重的阴影落在断崖间,在这日落之时,整个世界都显得那么如真似幻。

当雷妮森踏上通往断崖的小径时,她的脚步加快了些。她要上山到墓室去——去找霍里。是的,去找霍里。她小时候玩具坏了,或者心有不安和恐惧的时候就是这样做的。霍里就像那些断崖一样,坚定不移,岿然不动。

雷妮森困惑地想:当我找到霍里的时候,一切都会变好的……

她的脚步越来越快,几乎跑了起来。

然后，她突然看到莎蒂彼冲她走了过来，莎蒂彼刚才一定也到墓室那里去了。

莎蒂彼走路的样子很奇怪，摇摇晃晃的，仿佛看不到路……

莎蒂彼看到雷妮森便猛地停了下来，用手捂着心脏。雷妮森走近她时，被她的脸色吓了一跳。

"怎么了，莎蒂彼，你生病了吗？"

莎蒂彼声音嘶哑，目光一直游离不定。

"不，不，当然不是。"

"你看上去像是生病了，好像受到了什么惊吓？发生了什么事？"

"能发生什么事？当然没事。"

"你刚才去哪儿了？"

"我到墓室去……去找亚莫斯。他不在那里，没人在那里。"

雷妮森仍注视着她。这是个不同的莎蒂彼，一个丧失全部精神和意志力的莎蒂彼。

"走吧，雷妮森——咱们回家吧。"

莎蒂彼把略微颤抖的手搭在雷妮森的手臂上，催她往回走。被她这么一碰，雷妮森突然反感起来。

"不，我要去山上的墓室。"

"没人在那儿，我告诉你了。"

"我喜欢坐在那儿眺望尼罗河。"

"可是太阳都下山了，太晚啦。"

莎蒂彼的手指像钳子一样夹住雷妮森的手臂，雷妮森用力地挣脱出来。

"放开我，莎蒂彼！"

"不，回来，跟我回去！"

但是雷妮森已经挣脱了，她推开她，向断崖走去。

一定有什么事情。直觉告诉她一定发生了什么事情……她加快脚步,小跑了起来……

然后她看见有什么暗暗的东西躺在断崖的阴影里……她急忙跑过去,直到站在离那堆东西很近的地方。

她对她看到的景象并不惊讶。仿佛她早已预料到了……

诺芙瑞脸朝上躺着,她的身体血肉模糊、破碎而扭曲,双眼睁大,眼中映出虚空。

雷妮森弯下腰,抚摸着那冰冷僵硬的脸颊,然后站起来,再度俯视着她,几乎没有听到从后面跑上来的莎蒂彼的声音。

"她一定是摔下来的,"莎蒂彼说,"她摔下来了,她正沿着断崖小径走的时候摔下来了……"

是的,雷妮森想,是这样的,诺芙瑞从上面的小径跌下来,她的身体掉到了岩石上,然后又弹落下来。

"她可能看到了一条蛇,"莎蒂彼接着说,"然后被吓着了。那条小径上总有一些蛇在底下睡觉。"

蛇,是的,蛇。索贝克和那条蛇。一条蛇,脊背碎裂,躺在阳光下,死了。索贝克,他的双眼里冒着火光……

她想着:索贝克……诺芙瑞……

然后她听到了霍里的声音,顿时感到自己松了一口气。

"发生什么事了?"

她欣慰地转过身来。霍里和亚莫斯一起走过来。莎蒂彼急切地解释说诺芙瑞一定是从上面的小径摔下来的。

亚莫斯说:"她一定是上来找我们的,但我和霍里去看灌溉水道了。我们去了至少一个小时。回来就看到你们站在这儿了。"

雷妮森说:"索贝克在哪儿呢?"她的声音令自己感到吃惊,听起来竟这么不同。

与其说她看到，不如说是她感受到霍里听她这么一问便立即转过头来。而亚莫斯只是略带困惑地说："索贝克？我整个下午都没见过他。他很气愤地离开我们后，就再没见过他了。"

但霍里却一直看着雷妮森。她抬起头，与他目光相接。她看到他低下头若有所思地看着诺芙瑞的尸体，心里十分确定地知道他在想什么。

他喃喃问道："索贝克？"

"哦，不，"雷妮森听到自己说，"哦不……哦不……"

莎蒂彼再次急切地说："她是从小路上摔下来的，上面刚巧很狭窄，又很危险……"

危险？霍里有一次告诉过她什么？索贝克小时候攻击亚莫斯的故事，还有她母亲把他们拉开说："你不能做这种事，索贝克，这很危险……"

索贝克喜欢杀戮……

他说过，我要做点让我觉得高兴的事去……

索贝克杀死了一条蛇……

索贝克在狭窄的小径上遇见诺芙瑞……

雷妮森听到自己在低沉地喃喃自语："我们不知道……我们不知道……"

当她听到霍里沉稳的声音肯定了莎蒂彼说的话时，心里仿佛有种卸下重担的轻松感。

"她一定是从小径上跌下来的……"

霍里的目光和雷妮森的相接，她想：他和我都知道……我们永远都知道……

她听见自己用颤抖的声音大声说道："她从小径上跌了下来……"

如同最后一道回声一样,亚莫斯柔和的声音也插了进来。
"她一定是从小径上跌下来的。"

第九章
第四个月 第六天

1

伊姆霍特普在伊莎对面坐着。

"他们说的都一样。"他烦躁地说。

"至少这样更方便。"伊莎说。

"方便。方便？你用了多么奇怪的字眼！"

伊莎发出咯咯的笑声。

"我知道我在说什么，我的儿子。"

"他们的话是否属实？我只想知道这个！"伊姆霍特普盛气凌人地说。

"你不可能成为真理之神玛亚特。也不会变成阿努比斯，不能把人心摆在天平上去权衡对错！"

"这是意外吗？"伊姆霍特普像个判官似的摇摇头，"我不得不觉得。是我对那些忘恩负义的家人宣布了自己的打算以后，激起了某种冲动的情绪。"

"是的，确实是。"伊莎说，"情绪确实被激起来了。他们在大厅里大吼大叫，我在这间房里都能听见。对了，顺便问一句，那是你真正的意图吗？"

伊姆霍特普很不自在地挪动了一下身子,小声嘀咕道:"我写信的时候正在气头上。我有理由生气。我的家人需要一次严厉的教训。"

"也就是说,"伊莎说,"你不过是想吓吓他们,是不是这样?"

"我亲爱的母亲,这和现在的事有什么关系吗?"

"我明白,"伊莎说,"你不知道你想干什么,和平时一样糊里糊涂的。"

伊姆霍特普努力克制住自己的怒气。

"我的意思是说,那件事已经无关紧要了。眼下的问题是诺芙瑞死了。如果我确信家中有这么一个不恭敬、无法控制自己的情绪,这么放肆地伤害那个女孩的人……我……我真的不知道该如何是好!"

"那么幸运的是,"伊莎说,"他们说的都一样!没有人有过任何别的暗示,不是吗?"

"确实没有。"

"那么为什么不把它当作意外了结了呢?你应该把那个女孩一起带到北边去,我曾经跟你说过。"

"这么说你确实认为——"

伊莎加重语气说:"我相信别人告诉我的,除非与我亲眼所见的相斥——现在很少发生这种事了——或是跟我亲耳所闻的相矛盾。我想你大概也问过赫妮了吧?她对这件事怎么说?"

"她感到深深的悲痛。非常悲痛,为我。"

伊莎扬起眉。

"确实。你说的令我感到惊讶。"

"赫妮,"伊姆霍特普激动地说,"她很重感情。"

"的确如此。她的舌头也特别长。如果她唯一的反应就是为你去世的小妾感到悲痛的话,我会说这件事已经水落石出了,还有许多其他的事情需要你去注意。"

"是的,确实。"伊姆霍特普恢复了他小题大做、自命不凡的态度,他站起来,"亚莫斯正在大厅里等着我,还有各种急事需要我去处理,还有许多决定等着我去批准。像您说的,个人的悲痛不该侵扰到生活的主要步调。"

他匆匆走了出去。

伊莎微笑着,是那种有点嘲讽意味的微笑,然后她的脸色再度凝重起来。她叹了口气,摇了摇头。

2

亚莫斯正在卡梅尼的陪伴下等待他的父亲。至于霍里,亚莫斯解释说他正忙着监督为死者涂香料和防腐的过程,以及其他殡葬人员的工作。

伊姆霍特普得知诺芙瑞的死讯后,花了几个星期才赶回家。如今葬礼的准备工作已接近完成。尸体一直浸泡在盐水池里,现在多少恢复了一些正常面貌,涂过了香膏,擦过了盐粉,及时地裹上了绷带,安放在了棺木里。

亚莫斯还解释说他已经在原本设计好将来要安放伊姆霍特普自己尸体的石墓附近指定了一个小墓穴。他向伊姆霍特普做了详细说明,伊姆霍特普表示很认同。

"你做得很好,亚莫斯。"他和蔼地说,"你展露出了很好的判断力,头脑也很灵光。"

面对这意料之外的赞许,亚莫斯脸微微红了一下。

"依皮和蒙图都是昂贵的葬仪社,"伊姆霍特普接着说,"比如说这些卡诺匹斯罐,有点贵得不像话。真的没必要这样铺张。他们有些要价在我看来太贵了。这些被官家雇用的葬仪社最坏的地方,就是漫天要价。如果找些不太有名的,就会便宜很多。"

"您不在,"亚莫斯说,"我不得不亲自决定这些事,我只是希望给您如此爱惜的妾室举办一场盛大的葬礼。"

伊姆霍特普点了点头,拍拍亚莫斯的肩膀。

"这是善意的过错,我的孩子。我知道,你通常对钱非常谨慎,这件事中许多不必要的开支都是为了让我高兴。不过我不是钱做的,至于我的妾——呃,唉!——也只不过是个妾而已。我想,我们可以把昂贵的护身符取消。让我看看,还有哪些费用可以省去……卡梅尼,把预算单给我念一下。"

卡梅尼展开莎草纸。

亚莫斯放心地舒了一口气。

3

凯特从屋子里慢慢走出来,来到湖边,在湖边玩耍的母子身边停下来。

"你说得对,莎蒂彼。"她说,"活着的小妾跟死去的小妾就是不一样!"

莎蒂彼抬起头来看她,目光模糊而游离。雷妮森马上问道:"你是什么意思,凯特?"

"一个活着的小妾,给她什么都不过分。衣服、珠宝,甚至伊姆霍特普亲生骨肉的继承权!而现在呢?伊姆霍特普正忙着削减葬礼的费用!毕竟,为何要把钱浪费在一个死掉的女人身上?

是的，莎蒂彼，你是对的。"

莎蒂彼喃喃道："我说过什么？我已经忘记了。"

"最好是这样，"凯特同意说，"我也忘记了，还有雷妮森也是。"

雷妮森一言不发地看着凯特。凯特话里有话，还带有某种隐隐的恶意，让雷妮森感觉很不舒服。她总是习惯把凯特想成一个有点笨的女人。一个温和谦恭、几乎是微不足道的女人。但现在，令她吃惊的是，凯特和莎蒂彼好像对调了灵魂似的。一向盛气凌人、气势汹汹的莎蒂彼一下子变得胆小如鼠，倒是一向安静的凯特开始对莎蒂彼作威作福。

但是，雷妮森想，人的性格不会轻易改变……不是吗？她感到很困惑。是凯特和莎蒂彼真的在过去的几个星期中发生了变化吗？还是一个人的改变导致了另一个的改变？是凯特变得咄咄逼人了？还是莎蒂彼的突然消沉使凯特表面上看起来更强硬了？

莎蒂彼确实变了。她的声音不再尖锐刺耳，走在院子里时总是蹑手蹑脚、畏畏缩缩的，一点儿不像往常那般有恃无恐。雷妮森认为这是诺芙瑞的死亡导致的，沙蒂彼显然被吓到了。但惊吓会持续这么久，实在叫人难以置信。雷妮森不禁觉得，堂而皇之地对诺芙瑞那突然的死亡表示欢呼雀跃才更像莎蒂彼本人。然而事实上，现在只要一提到诺芙瑞的名字，她就会紧张地畏缩起来。甚至亚莫斯也从她一贯的欺凌呵斥中解脱出来，变得越来越果敢自信。无论如何，莎蒂彼的改变带来的结果都是好的。或者说，至少雷妮森是这样想的。然而这种变化也让她感到了隐隐的不安……

突然，雷妮森吃惊地发现凯特正盯着她看，眉头紧锁。她意识到凯特是在等她对刚才的话做出回应。

"雷妮森,"凯特重复道,"也忘记了。"

雷妮森突然被一股抗拒、抵触的情绪淹没了。不管是凯特还是莎蒂彼,没有任何人可以命令她应该或不应该记住什么。她用一种坚定的目光看着凯特,目光里隐约透着反抗。

"家里的女人,"凯特说,"必须团结一致。"

雷妮森开口了。她带着反抗的情绪,一字一顿地说:"为什么?"

"因为我们的利益是一致的。"

雷妮森激动地摇了摇头。她困惑地想:我是个人,同时也是个女人。我是我,我是雷妮森。

她大声地说:"事情没有这么简单。"

"你想惹麻烦吗,雷妮森?"

"不想。而且说到底,你说的麻烦是指什么?"

"那天在大厅里所说的一切最好全都忘掉。"

雷妮森笑出声来。

"你真傻,凯特。仆人、奴隶、我祖母……每个人都听见了!为什么要假装没发生过?"

"那时大家都在气头上,"莎蒂彼用沉闷的声音说,"我们都不是有意要那样说的。"

她又烦躁地补上一句:"不要再谈这件事了,凯特。如果雷妮森想要惹麻烦,就由她去吧。"

"我不想惹麻烦,"雷妮森愤慨地说,"但是假装什么都没发生是很愚蠢的。"

"不,"凯特说,"是智慧。你得考虑到泰蒂。"

"泰蒂很好。"

"如今诺芙瑞死了,一切都很好。"凯特微微一笑。

那是一种安详、恬静、满意的微笑。雷妮森却再次感到一阵厌恶。

然而凯特说的是事实。如今诺芙瑞死了,一切都平安无事了。莎蒂彼、凯特、她自己,还有孩子们……全都安全,全都平安无事了。再也不必忧心未来的出路。那个入侵者,那个扰乱秩序、不怀好意的陌生人,已经离开了。永远地离开了。

那她为什么会为诺芙瑞感到难过呢?为什么会同情那个她不喜欢的、死去的女孩呢?诺芙瑞那么邪恶,诺芙瑞已经死了。难道她不能就这样置之不顾吗?为什么会突然产生这样的怜惜——不只是怜惜——这样近乎于包容的理解?

雷妮森疑惑地摇了摇头。别人都进屋之后,她仍坐在湖边,试着搞清心中的困惑,纵使这只是徒劳。

当霍里穿过院子看到她,走到她身旁坐下时,已是黄昏时分了。

"天晚了,雷妮森。太阳已经落山了。你该回到屋子里去了。"

他庄重而宁静的声音和往常一样抚慰了她。她困惑地转向他。

"一个家族的女人必须团结在一起吗?"

"谁跟你这样说的,雷妮森?"

"凯特。她和莎蒂彼……"

雷妮森停下来。

"而你想要自己独立思考?"

"思考!我不知该如何思考,霍里。我的脑中一片混乱。人们都太复杂多变了。每个人都和我原本想的不一样。我总以为莎蒂彼大胆、坚毅、专横又跋扈。但她现在软弱、优柔寡断,甚至有些胆怯。那么,到底哪一个才是真正的莎蒂彼?人不可能在一天之内就变成那样。"

"不是在一天之内,的确不是。"

"还有凯特。她总是温和谦逊,任由大家对她颐指气使。现在她却开始指挥我们了!连索贝克都怕她。甚至亚莫斯也变了,他开始发号施令,还要大家服从!"

"而这一切令你感到困惑不解,雷妮森?"

"是的。因为我不理解。有时我甚至感觉赫妮也跟表面上看起来的不同!"

雷妮森笑出了声,这一切都太荒唐了,但是霍里并没有跟着她一起笑。他依然表情严肃,若有所思。

"你从来没仔细思考过他人的事情吧,雷妮森?如果你多思考,你就会知道……"他停顿了一下,然后继续,"你知道坟墓里通常都有一道假门吧?"

雷妮森瞪着眼睛道:"是的,当然。"

"那么,人也一样。他们造出了一道假门来欺瞒伪装。如果他们感到软弱、无能,就会造出一道威风凛凛、虚张声势、具有压倒性权威的大门。然后,过一段时间,他们就会开始相信那扇门是真的,而不是假的。他们认为,而且每个人都会那样认为:他们就是那样的。但是,在那道门之后,雷妮森,只是一块光秃秃的石块而已……因此,当现实来临,真理的羽毛触及他们的时候,真正的自我就会重新显现。对凯特来说,温和、谦恭能带给她想要的一切:丈夫和孩子。'愚笨'能使她生活得更轻松些。但当现实对她构成威胁时,她真正的本性就会显露出来。她并没有改变,雷妮森。那种力量,那种残忍,一直都在她身上。"

雷妮森孩子气地说:"可是我不喜欢,霍里。这让我感到害怕。每个人都和我所认为的不同。还有,我自己呢?我一直都是老样子。"

"你吗?"他冲她微笑着,"那么为什么你在这里坐了这么长时间,眉头紧皱,苦思冥想?以前的雷妮森,跟凯伊离开的那个雷妮森,是这样的吗?"

"当然不,那时没有必要……"雷妮森停了下来。

"你明白了吧?你已经说出来了。'必要'这个词里凝聚了现实!你不再是那个快乐、不需要思考、只接受事物表面价值的孩子了。你不仅仅是这家里的女人之一,你还是个想要独立思考、揣摩他人的雷妮森……"

雷妮森缓缓地说:"我一直在想诺芙瑞……"

"你在想什么?"

"我在想为什么我忘不了她……她又坏又残忍,企图伤害我们,而她现在已经死了。为什么我就不能不想这些?"

"你不能吗?"

"不能。我试过,但是……"雷妮森停了一下,她困惑地拂了拂眼睛,"有时候我感觉我了解诺芙瑞,霍里。"

"了解?什么意思?"

"我说不清楚。但这种感觉总是不时出现,好像她就在我身边一样。我感觉……几乎感觉到……仿佛我就是她。我好像了解她的感受。她非常不快乐,霍里,现在我知道了,尽管当时不完全知道。她想要伤害我们,因为她不快乐。"

"这只是你的想象,雷妮森。"

"是啊,我知道,但我就是有这种感觉。那种悲惨,那种痛苦,那种怨恨……我曾经在她脸上看到过,但当时我并不了解!她一定爱过某个人,然后出了差错,可能他死了,也可能离开了,让她成了这样,变得想要伤害别人。哦!随便你怎么说,我知道我是对的!她成了那个老人——我父亲——的小妾,然后来到这里,我们都讨厌她,于是她想让我们都像她一样不快乐。是的,就是这样!"

霍里奇怪地看着她。

"雷妮森,你说得这么肯定,然而你并不了解诺芙瑞。"

"可我的感觉告诉我这是真的,霍里。我能感觉到她,诺芙瑞。有时候我觉得她离我那么近……"

"我明白。"

他们陷入沉默,现在天色已将近全黑了。

霍里静静地说:"你认为诺芙瑞并不是意外死亡,对吗?你认为她是被人扔下去的?"

雷妮森听到自己的想法被说中,心中涌现出一股强烈的抵触。

"不,不,不要说了。"

"但是我认为,雷妮森,既然你已经这么想了,我们最好还是说出来。你真的这样认为吗?"

"我……是的!"

霍里若有所思地低下了头,接着说道:"而且你认为是索贝克下的手?"

"还可能会是谁?你记得他和那条蛇吧?而且你记得他在那天,她死的那天,离开大厅之前说的话吧?"

"我记得他的话,是的。但是真正付诸行动的,往往不是那些把话挂在嘴边的人。"

"难道你不认为她是被人杀害的吗?"

"不,雷妮森,我的确认为她是被杀害的……可是,这毕竟只是一个看法。我没有证据,也不认为可能有证据。这就是为什么我要劝伊姆霍特普接受这是个意外事件。有人推倒了诺芙瑞，但我们永远不会知道这个人是谁。"

"你的意思是，你不认为是索贝克？"

"我不这样认为。不过，如我所说，我们永远不可能知道是谁。因此最好不要再去琢磨它了。"

"可是……如果不是索贝克，你认为会是谁呢？"

霍里摇了摇头。

"就算我有想法，也可能是错的。所以最好还是别说了……"

"但是这样的话，我们就永远不知道了！"

雷妮森的声音里充满了沮丧。

"也许……"霍里犹豫着，"也许这是最好不过的结果。"

"不去知道真相？"

"不去知道真相。"

雷妮森颤抖着。

"但是，哦，霍里，我害怕！"

第三部分　夏季

第十章
第一个月 第十一天

1

最后一项仪式完成了，圣文也已正式念过了。蒙图，这位爱神哈托尔之庙的祭司，一边拿着喜登草做的扫帚小心地打扫着墓室，一边念着圣文，这样做是为了在墓室的门永远封上之前，把所有魔鬼的脚印都驱除掉。

接着，坟墓被封了起来。所有处理木乃伊尸身时剩下的东西，一壶壶的盐液、盐粉和碎布等——所有和尸体接触过的东西，都摆在墓室旁的一间小石室里，这个小石室也被封了起来。

伊姆霍特普垂下肩，深吸了一口气，卸下丧葬时那虔诚而肃穆的表情。仪式进行得很顺利。诺芙瑞已经依礼下葬，并且所费不菲。在伊姆霍特普看来，甚至是有点铺张浪费。

伊姆霍特普和那些完成了神职事务、恢复世俗身份的祭司们相互客套寒暄了几句。人们都下山回屋里去了，那里已经备好了点心和酒水。伊姆霍特普和大祭司正在讨论近期国家政治上的一些变动。底比斯近年来迅速成为一座非常有实力的城市。埃及很有可能不久后再度统一在一个君主之下，重现金字塔的黄金时代。

蒙图充满赞赏地谈论着尼希比·雷国王，认为腐败懦弱的北方绝无可能与这位一流的军事家相抗衡。埃及需要统一，而这对底比斯来说，无疑具有重大的意义……

男人们走在一块儿，讨论着未来的事。

雷妮森回头看着断崖和那封闭起来的墓室。

"这就是结局了。"她喃喃说道。一种解脱感从她心头掠过。她一直在害怕，但不知道自己害怕的是什么。是怕有谁在最后一刻突然大喊或是控诉吗？然而一切都平静而顺利。诺芙瑞依照礼俗仪式下葬了。

"这就是终局。" 赫妮低声说，"我希望如此，我真的希望如此，雷妮森。"

雷妮森转身看向她。

"你这是什么意思，赫妮？"

赫妮避开她的目光。

"我只是说我希望这就是结局。有时候你以为是结局，到头来却是个开始。那可不太好。"

雷妮森气愤地说："你在说些什么，赫妮？你是在暗示什么吗？"

"我从不做任何暗示，雷妮森。我才不会做那种事。诺芙瑞下葬了，每个人都很满意。所以，就是这样。"

雷妮森问道："我父亲问过你对诺芙瑞的死有什么看法吗？"

"是的，确实问过，雷妮森。他特别强调要我告诉他我真切的想法。"

"你是怎么和他说的？"

"哦，我当然说这是个意外事件。还可能是什么？你该不会认为家里有人会伤害那个女孩吧？他们不敢，我说，他们对你太尊敬了。他们可能会发发牢骚，但也仅此而已。我对他说，你可以相信我的话，绝对没有'那种'事！"

赫妮点了点头，轻声地笑着。

"我父亲相信你的话吗？"

赫妮再次满意地点了点头。

"啊，你父亲知道我对他是多么忠诚。老赫妮说什么他都相信。他很赏识我，即使你们都不这么觉得。唉，算了吧，我对你们大家的奉献本身就是一种报答。我也不指望你们会感激。"

"你也对诺芙瑞忠实奉献。"雷妮森说。

"我真的不知道你怎么会有这种想法，雷妮森。我得像其他人一样听从命令。"

"她认为你对她忠心耿耿。"

赫妮再度发出轻笑。

"诺芙瑞并不像她自以为的那样聪明。她是个傲慢的女孩，以为自己拥有全世界。哦，现在她得去面对冥府判官的审问了。在那里，漂亮的脸蛋可帮不上她什么忙，不管怎样，我们至少已经摆脱她了。"她摸了摸身上戴着的护身符，压低声音加了一句话，"但愿如此。"

2

"雷妮森，我想跟你谈谈莎蒂彼。"

"什么事，亚莫斯？"

雷妮森抬起头，同情地看着哥哥那温和、忧虑的脸庞。

亚莫斯缓慢而沉重地说："莎蒂彼好像很不对劲，不知她为何会变成这样。"

雷妮森悲伤地摇了摇头,找不出任何安慰的话语。

"我注意到她的这种变化已经有段时间了,"亚莫斯接着说,"任何她不熟悉的声音都会吓到她,让她瑟瑟发抖。她吃不下饭,走路蹑手蹑脚的,如同——如同害怕见到自己的影子。你一定也注意到了吧,雷妮森?"

"是的,的确,我们全都注意到了。"

"我问过她是不是生病了,要不要我找个医生。但是她说没事,说她好得很。"

"我知道。"

"这么说你也问过她?而且她也什么都没对你说——什么都没说?"

他着重强调着这句话。雷妮森对他的焦虑很是同情,然而却说不出什么能帮上忙的话。

"她坚称她相当好。"

亚莫斯喃喃地说:"她晚上睡得不好,在睡梦里大喊大叫。她……她是不是有什么我们不知道的伤心事?"

雷妮森摇了摇头。

"我觉得不太可能。孩子们一切安好。这里又没发生什么事。当然,除了诺芙瑞的死……但莎蒂彼肯定不会为此伤心的。"她干涩地加上了一句。

亚莫斯淡淡地笑了笑。

"是的,确实是。而且恰恰相反。再说,她这种情形已经持续了有段时间了。我想,是在诺芙瑞死之前就开始了。"他的语气有些不太确定,雷妮森立刻看向他。亚莫斯温柔地坚持道:"在诺芙瑞死之前,难道你不这样认为吗?"

"我后来才注意到。"雷妮森不紧不慢地说。

"那她什么都没对你说？你确定？"

雷妮森摇了摇头。"不过你知道，亚莫斯，我不觉得莎蒂彼是病了。在我看来她更像是……害怕。"

"害怕？"亚莫斯震惊得叫起来，"可是莎蒂彼为什么要害怕？怕什么？莎蒂彼总是像头狮子一样勇敢。"

"我知道，"雷妮森无奈地说，"我们总是这样认为。但是人会改变，这的确很奇怪。"

"你觉得凯特知道内情吗？莎蒂彼有没有跟她说过？"

"确实，比起我，莎蒂彼更有可能跟她说。不过我不这样认为。事实上，我敢肯定。"

"凯特怎么想？"

"凯特？凯特从来就不考虑任何事。"

雷妮森陷入了沉思。凯特只是趁着莎蒂彼异常温顺的时候，为她自己和孩子抢到最新最好的亚麻布。以前的莎蒂彼绝不会容许她做这样的事，不吵翻天才怪！现在莎蒂彼几乎吭都不吭一声地由着她，放弃争夺，这件事让雷妮森印象十分深刻。

"你跟伊莎谈过吗？"雷妮森问，"祖母对女人和她们的行为很了解。"

"伊莎，"亚莫斯有点困惑地说，"只说我该为这种改变感到欣慰。她说如果莎蒂彼继续保持这样的通情达理是再好不过了。"

雷妮森有点犹豫地说："你问过赫妮了吗？"

"赫妮？"亚莫斯皱起眉头，"没有，真的，我不会跟赫妮说这种事。她太自以为是了。父亲把她宠坏了。"

"哦，这我知道。她非常烦人。不过……"雷妮森犹疑着，"赫妮通常知道很多。"

亚莫斯缓缓地说道："你问问她好吗，雷妮森？然后告诉我她说了些什么。"

"如果你愿意的话。"

跟赫妮单独在一起的时候,雷妮森说出了自己的疑问。她们正走在去往织布棚的路上。让她有点惊讶的是,这问题似乎令赫妮很不自在。她失去了以往的那种热情。

她摸了摸身上的护身符,回头看了看。

"这跟我没什么关系,我确定……我没有必要去注意任何人正不正常。我只管我自己的事。要是有什么麻烦,我可不想牵扯进去。"

"麻烦?什么麻烦?"

赫妮很快地瞄了她一眼。

"我希望没有。不管怎样,反正跟我们没有关系。你和我,雷妮森,我们没什么可自责的,这对我来说是个莫大的安慰。"

"你的意思是莎蒂彼……你是什么意思?"

"我没什么意思,雷妮森。我在这家里的地位只不过比仆人好一点点,对跟我无关的事情,我不想发表看法。要是你问我,我觉得这是好的改变,如果一直这样,我们就都万事大吉了。对不起,雷妮森,我得去留意一下她们是否在亚麻布上标好了日期。她们总是粗心大意,这些女人,总是只顾着说说笑笑,耽误了工作。"

雷妮森不满地望着匆匆走进织布棚里去的赫妮,然后自己慢慢走回了屋。她悄悄地走进莎蒂彼的房间,轻轻地碰了碰莎蒂彼的肩头,莎蒂彼吓得跳起来大叫一声。

"哦,你吓死我了。我以为……"

"莎蒂彼,"雷妮森说,"出什么事了?不能告诉我吗?亚莫斯很担心你,而且……"

莎蒂彼猛地用手捂住双唇。她的眼睛睁得大大的，充满惊恐。她声音紧张，结结巴巴地说："亚莫斯？什么……他说什么？"

"他很焦虑。你在睡觉的时候大喊大叫……"

"雷妮森！"莎蒂彼抓住她的手臂，"我说……我说了些什么？"

她的眼睛因恐惧而睁得大大的。

"亚莫斯是不是认为……他都告诉了你什么？"

"我们两个都认为你病了，或者……或者是不快乐。"

"不快乐？"莎蒂彼用怪异的腔调低声重复着这三个字。

"你不快乐吗，莎蒂彼？"

"或许吧……我不知道。不是那样的。"

"不，你在害怕，不是吗？"

莎蒂彼突然用充满敌意的目光瞪着雷妮森。

"你为什么会这样说？我为什么要害怕？我有什么可怕的？"

"我不知道，"雷妮森说，"但是这是事实，不是吗？"

莎蒂彼努力恢复她原来的傲慢姿态，把头猛地向后一甩。

"我不怕任何事情，任何人！你竟敢这样跟我说话，雷妮森。我不允许你和亚莫斯谈论我。亚莫斯和我彼此了解。"她停了一下，然后厉声说，"诺芙瑞死了，这是一种解脱。我就是这么想的，你可以去告诉任何人，我对这事就是这种感觉。"

"诺芙瑞？"雷妮森质疑地说出了这个名字。

莎蒂彼怒火中烧，仿佛又恢复了往日的样子。

"诺芙瑞、诺芙瑞、诺芙瑞！听到这个名字我就恶心！谢天谢地，我不必再在这屋子里听到她的名字了。"

亚莫斯进来时，莎蒂彼那已经恢复到了往日分贝的刺耳声音突然下降。他异常坚决地说:"静一静,莎蒂彼。如果我父亲听见了,又会有新的麻烦。你怎么可以这么傻?"

如果说亚莫斯严厉、不悦的语调是出人意料的,那么莎蒂彼的温顺和示弱也是。她喃喃道:"对不起,亚莫斯……我没有想到。"

"算了,以后小心一点!你和凯特总是惹麻烦。你们女人总是那么没见识!"

莎蒂彼再度喃喃道:"对不起……"

亚莫斯走了出去,他昂首挺胸,步伐比以往坚毅多了,仿佛这难得的权威让他变得不可一世了。

雷妮森慢慢走到老伊莎的房间,她感觉祖母可能会有一些有用的见解。

然而,伊莎正在津津有味地吃葡萄,不愿意正视这件事情。

"莎蒂彼?莎蒂彼?为什么要为莎蒂彼大惊小怪?难道你们都喜欢受她欺辱吗?现在她行为得体,你们反而不知道该怎么办了?"

她吐出葡萄籽,评论道:"无论如何,这种好的表现也维持不了多久,除非亚莫斯能让她一直保持下去。"

"亚莫斯?"

"是的。我希望亚莫斯已经觉醒了,好好教训了莎蒂彼一顿。这就是她需要的。而且她是那种很可能会乐在其中的女人。温顺、畏缩的亚莫斯一定让她非常讨厌。"

"亚莫斯是个可亲的人,"雷妮森愤愤不平地叫道,"他对任何人都像女人一样温柔。如果女人真的温柔的话。"她犹疑地加上了一句。

伊莎咯咯发笑。

"最后一句加得好，孙女。不，女人可一点儿也不温柔。如果她们温柔的话，愿伊西斯女神保佑她们！而且没有几个女人喜欢仁慈、温柔的丈夫。她们更愿意要个像索贝克那样英俊、自大、蛮横的丈夫。女孩们对他那种男人很着迷，或者是像卡梅尼那样聪明英俊的小伙子。嘿，雷妮森，怎么样？他确实不错！他的情歌唱得也很有味道。不是吗？嘻，嘻，嘻。"

雷妮森感到脸颊红了起来。

"我不懂您的意思。"她矜持地说。

"你们全都以为老伊莎不知道是怎么回事！我全都知道。"她用半瞎的眼睛盯着雷妮森，"或许，我比你还先知道，孩子。不要生气。生活就是这样，雷妮森。凯伊是你的好丈夫，但是他现在已扬帆前往了冥府。做妻子的需要再找个新的丈夫到尼罗河上刺鱼。并不是说卡梅尼有多好，一支芦管笔和一卷莎草纸就是他的梦想。虽然是个像模像样的年轻人，对歌唱也有一套，但在我看来，我可不确定他是适合你的男人。我们对他所知不多。他是个北方人，伊姆霍特普赞赏他，不过我一直认为伊姆霍特普是个傻瓜。任何人都可以奉承他、围着他，看看赫妮就知道了！"

"您错了。"雷妮森一本正经地说。

"很好，那么，我错了。你父亲不是个傻瓜。"

"我不是说这个。我的意思是——"

"我知道你什么意思，孩子。"伊莎咧嘴一笑，"但是你不懂得真正的笑话，你不知道像我这样惬意地坐着有多好。脱离了这群男男女女、爱爱恨恨的事，吃着可口的肥鹌鹑或芦苇鸟，再来上一块蜂蜜蛋糕和一些美味的韭菜、芹菜，然后用叙利亚酒润润喉。永远与世无争，静观一切骚乱和令人心痛的事件，深知这一切都不会再影响到你了。看看你的儿子为了一个漂亮的女孩出尽洋相，看着她把整个家搞得鸡犬不宁。这令我捧腹大笑，我可以告诉你！就某一方面来说，你知道，我喜欢那个女孩！她确实是个魔鬼，没错，她总能戳到他们的痛处。索贝克就像被针刺破的气囊，伊彼在她面前就像个小孩子，她还让亚莫斯因为受妻子欺压而感到难堪。这就像你对着一池水看自己的脸，她让他们看清了自己真实的模样。可是她为什么恨你，雷妮森？回答我这个问题。"

"她恨我吗？"雷妮森困惑地说，"我……曾经试着和她做朋友。"

"而她并不接受？她确实是恨你的，雷妮森。"

伊莎顿了一下，然后突然问道："会不会是因为卡梅尼？"

雷妮森的脸又涨红了。"卡梅尼？我不懂您的意思。"

伊莎若有所思地说："她和卡梅尼都来自北地，但是卡梅尼在院子里总望着的人是你。"

雷妮森打断她道："我得去看看泰蒂了。"

伊莎刺耳、戏谑的笑声跟随着她，这让她的双颊发烫。她快速穿过院子向湖边走去。卡梅尼在门廊上喊住她。"我作了一首新歌，雷妮森，留下来听一听吧。"

她摇了摇头，匆匆离开。她的心在愤怒地跳动。卡梅尼和诺芙瑞。诺芙瑞和卡梅尼。为什么要让喜欢恶作剧的老伊莎把这些想法塞入她的脑子里？为什么她要在乎这些？

无论如何，这又有什么关系？她不在乎卡梅尼，一点儿也不在乎。一个有着甜美的声音、结实的肩膀，让她联想到凯伊的无礼的年轻人。

凯伊……凯伊……

她固执地重复着他的名字，但是，第一次，他的样子没有浮现在她眼前。凯伊在另一个世界,他在冥府里……

门廊上响起了卡梅尼轻柔的歌唱:"我要对普塔说:'今晚把我的爱人给我'……"

3

"雷妮森!"

霍里重复叫了她两次她才听见,雷妮森从望着尼罗河的冥思中转过头来。

"你想得出神了,雷妮森。你在想什么?"

雷妮森赌气地说:"我在想凯伊。"

霍里看了她一会儿,然后微微一笑。

"我明白。"他说。

雷妮森有种很不自在的感觉,她觉得他真的明白。

她突然急切地说:"人死了之后会怎样?真的有人知道吗?所有这些经文、这些写在棺木上的东西……有些太晦涩了,以至于看起来仿佛毫无意义。我们知道冥神奥西里斯是被人杀死的,他的尸体后来又被拼到了一起,他戴着白色的皇冠,我们因他得以不死。但是有时候,霍里,这一切似乎都不是真的,这一切都那么令人困惑……"

霍里轻轻地点了点头。

"我想知道,当人死后,到底会发生什么?"

"我无法告诉你,雷妮森。你应该去问祭司这些问题。"

"祭司只会给我一些泛泛的答案。我想要确切地知道。"

霍里柔声说:"没有任何人知道,直到我们真正死去……"

雷妮森颤抖着。"不要……不要说这个!"

"有事情让你感到心烦了吧，雷妮森？"

"是伊莎。"她顿了一下接着说，"告诉我，霍里，是……是不是卡梅尼和诺芙瑞在来到这儿之前就……就很熟悉彼此了？"

霍里静静地站了一会儿，然后，他走到雷妮森身旁，背对着屋子，他说："我明白了，原来是这么一回事……"

"你是什么意思？'是这么一回事'？我只不过问了你一个问题。"

"我并不知道你那个问题的答案。诺芙瑞和卡梅尼在北地的时候就认识彼此了，至于有多熟，我就不知道了。"

他温柔地补了一句："有什么问题吗？"

"不，当然没有，"雷妮森说，"这一点儿也不重要。"

"诺芙瑞死了。"

"死了而且做成了木乃伊封在她的坟墓里！就是这样！"

霍里冷静地继续说："而卡梅尼，看上去似乎并不伤心……"

"是的。"雷妮森被这个观点吓了一跳。

"这倒是事实，"她激动地冲着他说，"哦，霍里，你……你是个多么令人感到踏实的人啊！"

他微微一笑。

"我替小雷妮森修过她的木狮子。如今，她有其他的玩具了。"

他们回到屋前，雷妮森绕着门并不想进去。

"我还不想进去。我感觉我恨他们所有人。哦，并不是真的恨，你明白。只是因为我还在生气。我现在耗尽了耐心，而每个人又都这么古怪。我们不能上山到你的墓室去吗？那里真的很好。让人感到……仿佛超越了一切。"

"你真聪明，雷妮森。那也是我的感觉。这屋子、农作物和耕地，所有的一切在你的脚下，微不足道。你看到的远超过这一切，你看到的是尼罗河。再越过去，看到的是整个埃及。如今埃及很快就会再度统一起来，如她过去一样强盛、伟大。"

雷妮森茫然地喃喃道："嗯……这很重要吗？"

霍里浅浅一笑。

"对小雷妮森来说不重要。只有她的木狮子对她来说才是重要的。"

"你这是在取笑我，霍里。这么说，对你来说很重要？"

霍里低声说："我为什么要觉得重要呢？是的，为什么对我来说该是重要的？我只不过是一个祭司的业务管理人，为什么要关心埃及的兴盛或衰亡？"

"看！"雷妮森把他的注意力引到他们上面的断崖，"亚莫斯和莎蒂彼上到墓室去了。他们现在正往下走呢。"

"嗯，"霍里说，"那里有很多东西需要清理，比如葬仪社的人没用上的那些亚麻布。亚莫斯说过要莎蒂彼上去教他怎么处理。"

他们站在那里，抬头看着从上面小径走下来的两个人。

雷妮森突然想到，他们正在接近诺芙瑞曾经摔下来的那个地方。

莎蒂彼走在前面，亚莫斯落在她后面几步。

突然，莎蒂彼回过头去跟亚莫斯说话。雷妮森心想，她或许是在跟他说，那就是那次意外事件发生的地点。

然后，莎蒂彼突然停住脚步，仿佛僵住一样站在那里，两眼直直地瞪着来时的路。她的双臂张开，好像看到了什么可怕的东西，又或是想挡开某种攻击。她嘴里叫喊着，脚步踉跄，跌跌撞撞。然后，就当亚莫斯冲向她时，她尖叫一声，是那种恐怖的尖叫,然后整个人头朝下,从断崖边坠落下来……

雷妮森一手伸向喉头,不可置信地望着她跌落的情景。

莎蒂彼已缩成一团,她正好跌落在诺芙瑞横尸的地方。

雷妮森飞快地跑过去。亚莫斯也一边喊着一边从小径上冲下去。

雷妮森跑到她嫂子身旁,俯身一看,莎蒂彼睁着双眼,眼皮一跳一跳的。她的双唇嚅动,想要说什么话。雷妮森的身子更靠近她一些。她被莎蒂彼眼中的那种恐惧吓坏了。

然后,垂死女人的声音传过来,仅仅是一声嘶哑的呻吟。

"诺芙瑞……"

莎蒂彼头向后一仰,下巴垂了下去。

霍里转身遇到亚莫斯,两个男人一起跑过来。

雷妮森转向她的哥哥。

"她从上面掉下来之前,和你说了什么?"

亚莫斯气喘吁吁,几乎说不出话来。

"她看着我后面,越过我的肩头,好像看见了有什么人沿着小径走来……但是没有人,那儿没有人。"

霍里应和说:"是没有人……"

亚莫斯的声音跌落成低沉、惊恐的低语。"然后她叫了起来……"

"她说什么?"雷妮森烦躁地问。

"她说……她说……"他的声音颤抖着,"'诺芙瑞……'"

第十一章
第一个月 第十二天

"原来你就是这个意思?"

雷妮森冲着霍里说出这句话,与其说是疑问倒不如说是肯定。

整个事件的脉络在她脑中逐渐清晰起来,她恐惧地低声加了一句:"是莎蒂彼杀害了诺芙瑞……"

雷妮森双手托住下巴,坐在墓室旁霍里的小石室入口边,凝视着底下的山谷。

她恍惚地想着昨天她说的那些话是多么真实(真的是这么短时间之前的事吗?),从这上面看来,下面的房子和忙忙碌碌的人们,微乎其微,渺小至极,犹如蟋蚁之巢。

只有那太阳……辉煌的、在头顶上照耀的太阳,还有那晨曦下犹如一条银色系带的尼罗河,只有这些才是永恒的。凯伊死了,还有诺芙瑞和莎蒂彼。而有一天,她和霍里也会死去。但是太阳神仍会统治苍穹,夜晚驾着他的小船驶向冥府,直到第二天破晓。而尼罗河依旧会流淌不息,从伊里芬丁流下来,流过底比斯,流过乡村,流过诺芙瑞快乐生活过的地方,一直流向大海,远离埃及。

莎蒂彼和诺芙瑞……

雷妮森继续跟随自己的思路,大声地说了出来,因为霍里没有回答她。

"你知道,我是如此确信索贝克——"她停了下来。

霍里若有所思地说:"是先入为主的观念。"

"然而我真笨,"雷妮森继续说,"赫妮已经或多或少地告诉过我了,莎蒂彼在这条路上散步,而且她说诺芙瑞也在这上面。我应该明白,显然是莎蒂彼在跟踪诺芙瑞。她们在小径上相遇,然后莎蒂彼把她推了下去。在那之前不久,她还说过她比我的任何一个哥哥都更像个男子汉。"

雷妮森停了下来,打了个冷战。

"而当我遇见她时,"她接着说,"我当时就该知道。她跟往常很不一样,她很恐惧。她企图劝我跟她一起回去。她不想让我发现诺芙瑞的尸体,我一定是瞎了眼才没看清事实。可是我却对索贝克如此恐惧……"

"我知道。是因为你恰好看到他杀死了那条蛇。"

雷妮森连忙点头表示赞同。

"是的,的确如此。后来我做了一个梦……可怜的索贝克,是我错怪了他。如你所说,能言之人未必能行。索贝克总是自吹自擂,但并不代表他真的会那样做。莎蒂彼才是真正大胆、残忍、做事不计后果的人。后来,自从那件事之后,她就变了个样子,好像见了鬼一样,让我们大家困惑不已。为什么我们都没发现真相?"

她朝上面看了一眼,说:"但是你想到了?"

"我一直觉得,"霍里说,"真相的线索就在莎蒂彼反常的个性变化上。变化如此明显,一定有某种原因。"

"但你却什么也没说?"

"我该怎么说呢,雷妮森?我能证明什么呢?"

"是的,当然不能。"

"必须得有确凿的证据。"

"然而你曾说过,"雷妮森争辩道,"人并不会真的改变。但现在你却承认莎蒂彼真的改变了。"

霍里冲她微微一笑。

"你真应该到省长的法庭上去辩论。不,雷妮森,我所言非虚,人是不会变的。莎蒂彼,就像索贝克一样,总是胆大妄言。她确实可能付诸行动,但我认为她是那种事后才能认清事实的人。在她的一生当中,直到某个特别的日子之前,她都认为自己什么都不害怕。当恐惧来临时,她冷不防地受到惊吓。她才会知道,真正的勇气是面对未知的勇气,而她没有那种勇气。"

雷妮森低声喃喃道:"当恐惧来临时……是的,自从诺芙瑞死后,恐惧就笼罩了我们。我们都看得到,莎蒂彼把恐惧显露在脸上。恐惧在她睁大的双眼中,在她死前的喃喃低语中……她说'诺芙瑞……',就好像她看见了……"

雷妮森停下来。她转向霍里,眼中充满了疑惑。

"霍里,她看见了什么?在那条小径上,我们什么都没看见!那里什么都没有。"

"我们看不见的。"

"但是她看得见?她看见了诺芙瑞,诺芙瑞回来复仇了。可是诺芙瑞已经死了,而且她的坟墓也封闭了起来。那她看见了什么?"

"她自己的意识所显现的幻影。"

"你确定?因为如果不是那样——"

"是的,雷妮森,如果不是那样呢?"

"霍里——"雷妮森伸出手,"现在结束了吗?现在莎蒂彼死了,这件事真的结束了吗?"

他温柔地双手握住她伸出来的手。

"是的,是的,雷妮森。当然了。至少你不用再害怕了。"

雷妮森用细微的声音喃喃道:"可是伊莎说诺芙瑞恨我……"

"诺芙瑞恨你?"

"伊莎是这么说的。"

"诺芙瑞总是充满仇恨。"霍里说,"有时候我觉得她恨这屋里的所有人。可是你至少没有跟她作对呀。"

"没有。的确没有,这是事实。"

"所以雷妮森,你的良心不会冒出来谴责你,让你看到幻觉。"

"你的意思是说,霍里,如果我独自走在这条小径上,在日落时,在诺芙瑞死去的同一时间,如果我转过头,我不会看到什么?我会很安全?"

"你会平平安安的,雷妮森,因为如果你走下这条小径,我会跟你走在一起,没有任何伤害会降临到你身上。"

但是雷妮森眉头紧皱,摇了摇头。

"不,霍里,我要自己一个人走。"

"可是,为什么,小雷妮森?你不害怕吗?"

"害怕,"雷妮森说,"我想我会害怕。但这是必须的。他们全都躲在屋子里,吓得浑身发抖,跑去庙里求护身符,叫嚷着说在日落时走上这条小径不吉利。可是让莎蒂彼摇摇晃晃跌落下去的并不是魔力,而是恐惧,因恶行而生的恐惧。因为把年轻、热爱生活的人的生命夺走是邪恶的。可是我没做过任何坏事,所以即使诺芙瑞真的恨我,她的恨也伤害不到我。我是这么想的。再说,无论如何,如果一个人总是生活在恐惧之中,那还不如死掉算了，所以我要克服恐惧。"

"你真勇敢，雷妮森。"

"或许我并没有我说的话那样勇敢，霍里。"她抬头对他微微一笑，然后站了起来，"但是说出来心里舒服多了。"

霍里起身站在她旁边。

"我会记住你的这些话，雷妮森。是的，还有你说这些话时头向后扬的样子。这让我看到了你心中的勇气和真诚，我一直相信你是这样的人。"

他紧紧握住她的手。

"看，雷妮森。从这里穿过山谷向外看是尼罗河，在它更远的地方，是埃及，是我们的国土——因长年战乱被破坏的、支离破碎的国土。埃及被分裂成了许多小国家，可现在，很快，将会再度团结一致，成为一个统一的国家。埃及上下会再次合为一体，我希望，而且深信她会恢复往日的辉煌！到那时，埃及会需要许多有良知和勇气的男女。像你一样的人，雷妮森。到那时，埃及需要的不是像伊姆霍特普那样，永远为蝇头小利患得患失的人；不是像索贝克那样懒惰自大的人；也不是像伊彼那样，只想着一己之利的人；不，甚至不是像亚莫斯那样忠诚而谨慎的人。我坐在这里，与死人共处，计算得失，记下账目，看过太多不能用财富来衡量的'得'和比失去谷物更严重的'失'……我望着尼罗河，看到了在我们之前就已存在，而在我们死后仍然会存在的埃及的生命之根源……生与死，雷妮森，并没有那么重要。我只不过是霍里，伊姆霍特普的业务管理人，但是当我眺望整个埃及的时候，我感到了一种安宁。是的，还有一种狂喜，即使有人拿省长的职位跟我换，我都不会同意。你明白我的意思吗，雷妮森？"

"我想我明白,霍里。你跟下面那些人不一样,很久以前我就知道了。而且有时候,当我跟你一起在这里时,我能体会你的感受,不过只是很朦胧的、不太清晰的感觉。但是我明白你的意思。当我在这里时,下面的那些事……"她指了指山下,"似乎都不重要了。争吵、怨恨,以及永无休止的抱怨,在这里可以逃避那一切。"

她停了下来,眉头紧锁,有点结结巴巴地继续说:"有时候我……我庆幸我逃开了。然而,我不知道……有什么在那下面,喊我回去。"

霍里放开她的手,向后退了一步。

他柔声说道:"是的,我明白……是在院子里歌唱的卡梅尼。"

"你什么意思,霍里?我并不是在想卡梅尼。"

"也许你并不想他。可是,雷妮森,虽然你没有自觉,但你正在听他唱歌。"

雷妮森注视着他,她的眉头又一次皱起。

"你怎么会说这么奇怪的话,霍里?在这里不可能听得到他的歌声,这儿太远了。"

霍里叹了口气,摇了摇头。他眼中的笑意令她不解。她感到有点困惑和生气,因为她不明白。

第十二章
第一个月 第二十三天

1

"我能和你说几句话吗,伊莎?"

伊莎犀利地瞥了一眼站在门口、脸上挂着谄媚笑容的赫妮。

"什么事?"老妇人厉声问道。

"没什么,真的。至少我是这么想的,我只是想问一下。"伊莎打断了她的话。

"那么,进来吧,你进来。"她用拐杖拍拍正在穿珠子的黑奴小女孩的肩膀,"到厨房去。给我拿些橄榄来,再给我来一杯石榴汁。"

小女孩跑了出去,伊莎不耐烦地催促赫妮快说。

"你看这个,伊莎。"

伊莎盯着赫妮拿给她看的东西,是个有滑盖的小珠宝盒,上面扣着两个按扣。

"这个怎么了?"

"这是'她的'。我在她屋里找到的。"

"你说的是谁?莎蒂彼吗?"

"不,不,伊莎。另外一个。"

"你是说诺芙瑞？里面是什么？"

"她的所有珠宝，梳妆用品还有香水瓶，这些都已经跟她一起埋葬了。"

伊莎捻开按扣上的线，打开盒子，里面是一串玛瑙小珠子和断裂成两半的绿釉护身符。

"呸，"伊莎说，"没多少东西。一定是遗漏了。"

"葬仪社的人把所有的东西都带走了。"

"那些人不一定可靠，他们忘了这个。"

"我告诉你，伊莎。我上次去她房间的时候，这个珠宝盒没在里面。"

伊莎猛然抬头看着赫妮。

"你想证明什么？你想说诺芙瑞从冥府回来了？你并非真的是个傻子，赫妮，尽管你有时喜欢装傻。你散布这些愚蠢的鬼故事有什么乐趣？"

赫妮一本正经地摇了摇头。

"我们都知道莎蒂彼出了什么事，还有为什么！"

"也许我们是知道，"伊莎说，"也许我们有人事先就知道了！是吧，赫妮？我一直认为你比我们任何人都更清楚诺芙瑞是怎么死的。"

"哦，伊莎，你当然不会觉得——"

伊莎打断了她的话。

"我不会觉得什么？我可不怕动脑筋，赫妮。我看到莎蒂彼在最近两个月里总是提心吊胆的。而且从昨天起我就想到，有人可能知道她为什么会这样，而且这个人可能把这些事都藏在了心里，可能威胁说要告诉亚莫斯，或是伊姆霍特普本人……"

赫妮突然爆发出一阵抗议的尖叫，伊莎闭上眼睛，靠回到椅背上。

"我不认为你会承认你做了这种事。我也不指望你承认。"

"我为什么要这样做?我问你,我为什么会做这种事?"

"我不知道,"伊莎说,"赫妮,你做了很多事情,我都想不出合理的理由。"

"你大概认为我想让她贿赂我闭口不言,但我对九柱之神发誓——"

"不要麻烦神明。就人们对诚实的定义而言,你够诚实了,赫妮。也许你对诺芙瑞的死因一无所知。不过这屋子里大部分的事情你都知道。而且如果我要发誓的话,我会发誓这个盒子是你放到诺芙瑞的房间去的,尽管我想不出这是为什么。但是其中一定有什么理由……你骗得了伊姆霍特普,可骗不了我。不要装出可怜兮兮的模样!我这个老太婆受不了人家这样。去跟伊姆霍特普哭诉吧。他好像很喜欢这样,只有天知道为什么!"

"我会把这个盒子交给伊姆霍特普,同时告诉他——"

"我会自己交给他。你走吧,赫妮,不要再散布这种愚蠢的迷信故事了。没了莎蒂彼,这屋里清静多了。诺芙瑞死了比活着用处更大。现在已经血债血偿,让大家都回到日常生活中去吧。"

2

"这是什么情况?"过了几分钟,伊姆霍特普大惊小怪地跑进伊莎的房里,问道,"赫妮伤心极了,她泪流满面地跑来找我。为什么这个家里就没人能对那个忠心奉献的女人表示一点基本的善意?"

伊莎不为所动地发出咯咯的笑声。

伊姆霍特普继续道:"据我所知,您指控她偷了一个盒子,一个珠宝盒。"

"她是这样说的吗?我可没做这种事。就是这个盒子。看来好像是在诺芙瑞的房里发现的。"

伊姆霍特普接过盒子。

"啊,是的,这是我给她的。"他打开盒子,"嗯,里面没多少东西。那些葬仪社的家伙真是粗心大意,没把这盒子跟她的其他私人用品一起带走。考虑到蒙图收的费用,也不该这么粗心。好了,这件事实在是小题大做,无事自扰。"

"的确是。"

"我会把这盒子送给凯特,不,送给雷妮森。她一直对诺芙瑞很有礼貌。"

他叹了一声。

"男人要想得到一些安宁是多么艰难啊。这些女人,总是有流不完的泪水,或者吵不完的架。"

"好了,伊姆霍特普。至少现在少了一个女人!"

"是的,确实。我可怜的亚莫斯!不过,伊莎……我觉得,呃,这不一定是坏事。莎蒂彼生下了健康的孩子,但总的来说,她不是个令人满意的妻子。当然,亚莫斯太顺着她了。好了,好了,现在一切都已经过去了。我必须得说,我对亚莫斯最近的表现很满意。他好像更独立了,不再那么胆怯,一些决断也做得很好,相当好……"

"他一直是个听话的好孩子。"

"是的,是的。不过有些迟钝,而且有点怕担责任。"

伊莎冷冷地说:"是你从不让他负责!"

"哦,如今一切都变了。我正在安排合伙的文件,几天之内就签上名。我要跟我的三个儿子合伙经营事业。"

"当然不包括伊彼吧?"

"那样他会难过的。这么一个可亲、热情的小伙子。"

"他可一点儿也不迟钝。"伊莎说。

"您说得是。还有索贝克。我过去对他不满意,可是他最近真的好像变了一个人,他不再虚度时光,而且比以前更服从我和亚莫斯的决定了。"

"这真犹如一篇赞美诗,"伊莎说,"伊姆霍特普,我必须承认你说得对。让你的儿子心生不满是下策。不过我还是觉得就你的计划来说,伊彼还太年轻了。让那个年纪的男孩拥有固定职位是很荒唐的事情。你该怎么控制他?"

"当然可能会有些问题。"伊姆霍特普一副若有所思的样子。

然后他站起身来。

"我得走了。还有许多事情需要我去处理。葬仪社的人在这儿,安葬莎蒂彼的事宜需要安排。这些丧事真昂贵,非常昂贵。而且一个接着一个,这么快!"

"哦,"伊莎安慰道,"我们都希望这是最后一个,直到我的死期来临之前!"

"您还会活好多年呢,我希望,我亲爱的母亲。"

"我当然相信你这么希望,"伊莎咧嘴一笑,"我的葬礼可不能节俭,不好意思!因为那样不太好!我在另外一个世界里需要很多消遣的设备。我要充足的食物、饮料,还有很多的奴隶俑。要一套装饰华丽的棋盘,一套香水和化妆用品,还有,我一定要用最贵的卡诺匹斯罐,雪花石膏做的那种。"

"是的,是的,当然。"伊姆霍特普一边答应着,一边不安地交换双脚的站姿,"当这悲伤的一天来临时,我会为您安排最高级的仪式。我得坦白说,我对莎蒂彼的感觉有点不同。没人愿意闹出丑闻,可是真的,在这种情况下……"

伊姆霍特普没有说完便匆匆离开了。

伊莎嘲讽地微微一笑,她意识到伊姆霍特普说那句"在这种情况下"时,是他最接近承认他挚爱的小妾之死不单单是一个"意外事件"的时刻。

第十三章
第一个月 第二十五天

1

合伙的文件公证过后,一家人从省长的法庭归来,院子里洋溢着一种欢快的氛围。当然,伊彼除外。因为他太年轻,最终还是被排除在了合伙人名单之外。所以他闷闷不乐,一脸郁闷,故意没有回家。

精神焕发的伊姆霍特普吩咐仆人们去门廊处的大酒架端一罐酒来。

"你要喝一杯,我的孩子,"他拍拍亚莫斯的肩膀,"暂时忘掉丧妻之痛。让我们为美好的未来喝一杯。"

伊姆霍特普、亚莫斯、索贝克和霍里举杯,一饮而尽。然后有人传话过来说有头牛被偷走了,四个男人都匆匆赶过去查看出了什么事。

一个小时以后,当亚莫斯再度走到院子里时,他又热又累。他走向依然摆在酒架上的酒壶,用铜杯舀了一杯,坐在门廊上,慢慢地啜饮着。过了一会儿,索贝克大步走过来,兴奋地大叫着。

"哈,"他说,"现在再喝它几杯!让我们为终于有保障的未来干杯。毫无疑问,今天是个让我们高兴的日子,亚莫斯!"

亚莫斯表示同意。

"是的,确实。这样生活就好过多了。"

"你的感情总是这么内敛,亚莫斯。"

索贝克说着大笑起来,舀了一杯酒,一饮而尽,然后咂了咂嘴,把杯子放下。

"现在让我们来看看父亲是会和原来一样像个'老古董',还是会被我改变,接受现代的方法。"

"如果我是你,我就会慢慢来。"亚莫斯劝道,"你总是这么性急。"

索贝克热情地对哥哥一笑,他心情好得很。

"稳扎稳打先生。"他嘲弄地说。

亚莫斯微微一笑,一点也不生气。

"这已经能算得上是最好的结果了。再说,父亲对我们非常好。我们不能做什么让他担忧的事。"

索贝克好奇地看着他。

"你真的喜欢我们的父亲?你这个深情的家伙,亚莫斯!现在我——我谁都不关心,当然,除了索贝克,索贝克万岁!"

他又干了一杯酒。

"小心点,"亚莫斯警告他说,"你今天没吃什么东西。有时候,喝酒时——"

他突然嘴唇扭曲,停了下来。

"怎么了,亚莫斯?"

"没什么……突然很痛……我,没什么事……"

但是他用手抹了一下额头,湿淋淋的满是汗水。

"你看起来可不太好。"

"我刚刚还好好的。"

"只要没人在酒里下毒就好。"索贝克笑自己竟然会这样说,一手伸向酒壶。就在这时,他的手臂发僵,身体突然一阵抽搐,向前跌倒……

"亚莫斯,"他气喘吁吁道,"亚莫斯……我……也……"

亚莫斯身子往前一倾,上身蜷成一团,发出半窒息的叫喊声。

索贝克痛苦地扭曲着,他扬声喊道:"救命,叫个医师来,医师……"

赫妮从屋子里跑出来。

"是你在叫?你说什么?怎么了?"

她的叫声引来了其他人。

兄弟俩正因痛苦而呻吟着。

亚莫斯声音微弱地说:"酒……毒……快找医师来……"

赫妮尖叫道:"又是不幸。这个屋子真的是被诅咒了。快!快!快到庙里去找大祭司莫苏来,他是个经验丰富的医师。"

2

伊姆霍特普在屋子里来回走动着。他那上好的亚麻布袍沾满了泥土,皱皱巴巴的。他既没有沐浴也没有更衣,脸上写满了担忧和恐惧。

内院里传来低沉的哀悼声,女人们为这屋里发生的灾祸"贡献"了哭声,赫妮的哭声盖过了其他哀悼的人。

从旁边的一个房间里传来了医师兼祭司莫苏对亚莫斯施救的声音。雷妮森被他们的声音所吸引,偷偷地从妇女活动区溜到了厅里。她来到敞开的房门口,待在那里,听祭司正在吟诵的圣文，感到仿佛有种治愈的力量蕴含其中。

"哦，充满魔力的伊西斯，请你降恩，让我从一切邪恶、血腥之中解脱出来；从神的打击，死去的男女，仇人可能加诸于我的一切伤害中解脱出来……"

亚莫斯的唇间发出一丝微弱的叹息。

雷妮森也在心里也加入了祈祷。

"哦伊西斯，伟大的伊西斯，救救他，救救我的哥哥亚莫斯，充满魔力的神灵啊……"

祭司的圣文引发了她的联想，那些想法在她的脑海里四处乱窜，令她困惑不已。

"一切邪恶、血腥……问题就出在这里，是的，血腥的想法，愤怒的想法，一个死去的女人的愤怒。"

她的话语随着思绪倾泻而出，她在心里直接对那个"人"说道："伤害你的人不是亚莫斯，诺芙瑞。即使莎蒂彼是他太太，你也不能让他对她的行为负责，他从来就控制不了她，没有人能控制得了她。伤害你的莎蒂彼已经死了。这还不够吗？索贝克也死了，虽然只是口头上跟你作对，事实上却从没伤害过你。哦，伊西斯，不要让亚莫斯也死掉。救救他，把他从诺芙瑞的仇恨中解救出来吧。"

伊姆霍特普不停地走来走去，当他抬起头看到女儿的时候，脸上的表情松懈了下来，洋溢着温情。

"过来，雷妮森，亲爱的孩子。"

她跑向他，他一手把她揽在怀里。

"哦，父亲，他们怎么说？"

伊姆霍特普沉重地说："他们说亚莫斯有希望。至于索贝克……你知道了吗？"

"是的,是的。你没听见我们在痛哭吗?"

"他黎明时死了。"伊姆霍特普说,"索贝克,我强壮、英俊的儿子。"他用嘶哑而破碎的声音说道。

"哦,这真邪恶,残忍……难道没有办法了吗?"

"所有能做的都做了,各种逼他呕吐的药剂,药草汁配成的药。护身符用上了,圣文也念过了,但都无济于事。莫苏是个优秀的医师,如果他救不了我儿子……那就是神的旨意不让他得救。"

祭司医师的声音又高了起来,念完最后一段圣文,他擦着额头上的汗水走出房间。

"怎么样?"伊姆霍特普急切地问。

医师沉重地说:"承蒙伊西斯庇佑,您的儿子会活下来。他的身体还很虚弱,但是危险期已经过去了,邪恶的力量正在逐渐衰退。"

他继续说,语气变得比较日常化。

"幸好亚莫斯毒酒喝得少,他慢慢啜饮,而您的二儿子索贝克好像是一口干掉的。"

伊姆霍特普低吟道:"从这件事上你就可以看出他们的不同。亚莫斯胆小、谨慎,凡事都慢慢做,即使吃东西、喝酒也一样。索贝克,总是操之过急,大手大脚,不受拘束——唉!鲁莽冒失。"

然后他补了一句说:"这么说,那壶酒确实是被下了毒?"

"毫无疑问,伊姆霍特普。我已经让年轻的助手检验了剩余的酒,喝过的动物很快就死了。"

"然而我在不到一小时之前也喝过同样的酒,却没有感到任何异样。"

"毫无疑问，那时候酒还没有被下毒，是后来才下的。"

伊姆霍特普一手握拳，猛击另一只手的手掌。

"没有人，"他喊道，"没有任何一个活人敢在我的屋檐下毒害我的儿子！这种事是不可能的。没有任何一个活人敢！"

莫苏微微低了下头。他的表情变得难以捉摸。"这……伊姆霍特普，你该是最清楚的。"

伊姆霍特普站在那里，紧张地搔搔耳后根。

"有件事我想让你听听。"他突然说道。

他拍了拍手掌，一个仆人跑进来，他喊道："把那个牧童带过来。"

他转身对着莫苏，说："这是个头脑不太灵光的小男孩。人家对他说什么他都很难听懂，各项官能都不太健全，但是他的眼力很好，他对我儿子亚莫斯忠心耿耿，因为亚莫斯对他很好，对他的缺陷也很同情。"

仆人回来了，手边拉着一个瘦得几乎只剩下皮包骨的小黑孩儿，他穿着一件束腰装，一双眯缝眼镶在他那略有些痴呆的脸上。

"说，"伊姆霍特普厉声道，"把你刚刚告诉我的再说一遍。"

小男孩低下头，手指揉搓着腰间的衣服。

"说！"伊姆霍特普大吼道。

伊莎睁着那双模糊不清的眼睛，拄着拐杖蹒跚地走进来。

"你吓着孩子了。来，雷妮森，把这颗枣子拿给他。来，孩子，告诉我们你看到了什么。"

小男孩一个一个地盯着他们看。

伊莎催促他。

"昨天，你经过院子的那道门时，看到了什么？"

小男孩摇了摇头,眼睛瞥向一旁。他喃喃地说:"我的主人亚莫斯在那里吗?"

祭司用威严而又慈爱的声音说:"是你的主人亚莫斯希望你把所见所闻告诉我们的。没有人会伤害你,不要怕。"

男孩的脸上掠过一丝微光。

"我主人亚莫斯待我很好。我会照他的意愿做。"

他停顿下来,伊姆霍特普好像忍不住要大发脾气,但是医师的眼神制止住了他。

突然,小男孩开口了,他讲起话来紧张兮兮的,又非常急促,同时还左顾右盼,好像是在怕某个看不见的人会偷听到。

"是那只小毛驴,塞斯看管的那只,总是捣蛋的那只。我拿我的棒子追它。它从院子的大门跑过去,我透过铁门往屋里看。门廊上没有人,但有一个酒架在那里。然后有一个女人,应该是家里的女人之一,从屋子里走出来到门廊上。她走到那个酒架,她把手伸向那里,然后……然后……她走回到屋子里去,我觉得,我不知道,因为我听见了脚步声,就回过头,看到我主人亚莫斯远远地从田里回来。所以我继续去找那只小毛驴,然后我主人亚莫斯走进了庭院里。"

"而你没有警告他,"伊姆霍特普气愤地大叫,"你什么都没说?"

小男孩喊道:"我没发现有什么不对。我只不过是看到她伸手往酒壶里一撒,站在那里对着它笑……我什么都没看见……"

"她是谁,孩子?"祭司问道。

小男孩摇了摇头,表情空洞。

"我不知道。她一定是这屋子里的女人之一。我不认识她们。我在好远的那边田里放牛。她穿着一件染色的亚麻布衣服。"

雷妮森吓了一跳。

"某个仆人,也许?"祭司看着小男孩提示说。

小男孩肯定地摇了摇头。

"她不是个仆人……她头上有假发,而且戴着珠宝,仆人不会戴珠宝。"

"珠宝?"伊姆霍特普问,"什么样的珠宝?"

小男孩急切而自信地答道,仿佛再也不害怕了,而且相当确定他所说的话。

"三串珠子,每串前面都挂着一只金狮子……"

伊莎的拐杖"噔"地敲到了地板上,伊姆霍特普发出一声干冷的叫喊。

莫苏威胁他说:"如果你撒谎,孩子——"

"是真的,我发誓是真的。"小男孩的声音清晰而刺耳。

亚莫斯从隔壁房间软弱无力地喊道:"怎么回事?"

小男孩一个箭步飞奔进去,蹲伏在亚莫斯躺着的长椅旁。

"主人,他们要拷问我。"

"不,不。"亚莫斯从弯曲的木质枕头上艰难地转过头来,"不要让这孩子受到伤害。他不聪明,但是很诚实,答应我。"

"当然,当然,"伊姆霍特普说,"没有那个必要。很显然这孩子已经把他知道的都说出来了,而且我不认为他在凭空捏造。你走吧,孩子,但是不要回到那边田里去。留在这屋子附近,如果我们需要,会再召唤你的。"

小男孩站了起来。他不情愿地低头看了亚莫斯一眼。

"您病了,主人?"

亚莫斯虚弱地一笑。"不要害怕,我不会死的。走吧,照他们说的做。"

小男孩高兴地笑了起来，转身离去。祭司检查了亚莫斯的眼睛，量了量他的脉搏。然后要他继续休息，自己跟其他的人一起回到大厅去了。

他对伊姆霍特普说："你知道那小男孩描述的人？"

伊姆霍特普点了点头，他那古铜色的双颊显出了病态的紫红色。

雷妮森说："只有诺芙瑞才穿染色的亚麻布衣服。这是她从北地的城市带过来的新款式。可是那些衣服都已经跟她一起下葬了。"

伊姆霍特普说："而且那三串带着金狮头的珠子是我给她的。这屋里别人都没有那种饰物。那个东西很贵，而且不常见。她的所有珠宝，除了一串便宜的细绳玛瑙珠子之外，其他的都已经跟她一起埋葬在坟墓里了。"

他双手一摊。

"多么可怕的迫害和报复！我如此善待她，给她一切恩宠，按照礼俗把她安葬，不吝惜任何花费。我与她一起恩爱地享用过美酒、美食，这是大家有目共睹的。她没有什么好抱怨的，我真的对她非常好。我还打算把我亲生骨肉的继承权赐予她。那么，为什么她要这样从死人的国度回来迫害我和我的家人呢？"

莫苏严肃地说："看来那死去的女人不是冲着你个人而来的，那壶酒在你喝的时候是无害的。在你家人当中有谁伤害过你死去的小妾？"

"一个已经死掉的女人。"伊姆霍特普简短地回答。

"我明白。你指的是亚莫斯的妻子？"

"是的。"伊姆霍特普顿了顿，然后突然大声地说，"可是，尊敬的祭司，我该怎么办？怎样才能对抗这种邪恶？唉，我带那个女人回来的那天真是个邪恶的日子!"

"的确是邪恶的一天。"凯特从内院门口走了进来,用低沉的声音说道。

她的两眼溢满了泪水,平庸的脸上充满力量与决心,让她显得格外引人注目。她的声音低沉、嘶哑,因愤怒而颤抖着。

"你带诺芙瑞回来的那天是个邪恶的日子,伊姆霍特普,你毁掉了最聪明、最英俊的儿子!她把死亡带给了莎蒂彼,带给了我的索贝克,而且亚莫斯只不过侥幸免于一死。谁会是下一个?她会放过孩子们吗?那个曾经打伤过我的小安可的她?我们必须要做点什么,伊姆霍特普!"

"我们必须要做点什么。"伊姆霍特普附和道,用恳求的眼光看着祭司。

祭司冷静地点了点头。

"有各种方法和手段,伊姆霍特普。一旦我们确定了事实,就可以开始。你去世的妻子亚莎伊特来自颇具影响力的家族,她可以恳求死亡国度里一些有权势的人出面替你干涉,诺芙瑞对这些人无能为力。我们必须一起商议一下。"

凯特发出一声短笑。

"别等太久,男人总是这样。是的,甚至是祭司!一切都得依照法规先例行事。但要我说,得快点行动,否则这屋子里还会有人死掉。"

她转身走了出去。

"一个优秀的女人,"伊姆霍特普喃喃说道,"对孩子无私奉献的母亲,尽责的妻子。不过她的态度,有时候,实在不像对待一家之主时应有的态度。当然,在这种时刻我会原谅她。我们都很心烦意乱,不知道自己在干什么。"

他双手抱头。

"有些人大部分时候都不知道自己在干什么。"伊莎评论道。

伊姆霍特普恼怒地看了她一眼。医师准备离去，伊姆霍特普跟他一起出去到门廊上，接受照顾病人的指示。

留在大厅里的雷妮森用探询的眼光看向祖母。

伊莎正一动不动地坐着。她皱着眉头，脸上的表情非常古怪，雷妮森怯生生地问道："您在想什么，奶奶？"

"你说'想'就说对了，雷妮森。这屋子里发生了这些古怪的事，非常需要有人动脑筋想一想。"

"这些事真可怕，"雷妮森颤抖着说，"把我吓坏了。"

"也把我吓到了。"伊莎说，"不过或许不是相同的原因。"

她用熟悉的姿势，顺手把头上戴的假发推了推。

"不过亚莫斯不会死，"雷妮森说，"他会活下去。"

伊莎点了点头。

"是的，大医师及时赶到，救了他。换个时间换个场合，他可能就没有这么幸运了。"

"您认为……像这样的事还会发生吗？"

"我想亚莫斯和你，还有伊彼，或许凯特也一样，最好留心你们入口的东西。记得每次都让奴隶先尝过了再吃。"

"那您呢，奶奶？"

伊莎讽刺地笑了笑。

"我是个老太婆，雷妮森，我对生命的眷恋是只有老人才有的，我们会细心品味剩下的每一小时，每一分钟。我活下去的可能性比你们都高，因为我比你们任何一个都更加小心。"

"那我父亲呢？诺芙瑞不会真的希望我父亲出什么事吧？"

"你父亲？我不知道……不，我不知道。我还没看清真相。

明天,在我仔细想过之后,我得再找那个牧童谈谈。他说的那个故事……"

她停下来,皱起眉头,然后叹了一声气,用她的拐杖站了起来,蹒跚地慢慢走回了房里。

雷妮森走进她哥哥的房间。他正在睡觉,她又悄悄地走出来。犹豫一阵之后,她走向凯特的房间。她不声不响地站在门口,看凯特哼着歌哄孩子睡觉。凯特的脸色又恢复了平静安详,看起来跟以往没什么两样。恍惚之间,雷妮森感觉过去二十四小时发生的悲剧就像一场梦一样不真实。

她慢慢转身离开,回到自己的房间里。在她的桌上,许多化妆盒和瓶瓶罐罐之中,有一个属于诺芙瑞的小珠宝盒。

雷妮森把它拿起来,注视着。诺芙瑞碰过它,拿过它,这是她的东西。

雷妮森心中再度掠过一阵怜惜,怜惜中掺杂着那种奇怪的理解。诺芙瑞一直不快乐。当她手捧这只小珠宝盒时,或许她蓄意将这种不快乐转化成了怨恨……甚至到现在,那种恨都还没消退……一直在寻求报复……哦,不,当然不是,当然不是!

雷妮森不自觉地扭开了按扣,打开了盖子。里面有一串玛瑙珠子,还有破裂的护身符和另一样东西……

她的心脏在剧烈跳动,雷妮森把一串系着金狮子的项链拿到眼前……

第十四章
第一个月 第三十天

1

这条项链把雷妮森吓得半死。

她立即把它放回珠宝盒里，合上盖子，再把扣子上的线系好。她的第一反应是掩藏她的发现。她甚至恐惧地回头向后望去，确定没有人在看她。

她度过了一个无眠之夜，心神不宁地在床上辗转反侧，不断调整头部在枕头上的姿势。

到了早上，她决定找个人谈谈。她无法独自承担这个令人烦扰的发现。在夜里，她曾两度惊坐起来，甚至怀疑是不是会看到诺芙瑞充满恶意地站在床边。然而她什么都没见到。

雷妮森把那条狮子项链从珠宝盒里拿出来，把它藏在亚麻衣服的褶层里。就在她刚刚藏好之时，赫妮匆匆走了进来。她两眼发光，闪着兴奋，好像有什么新消息要通知。

"想想看，雷妮森，这真是太可怕了！那个男孩，那个牧童，你知道的……今天早上在谷仓边熟睡，大家摇晃他，对着他的耳朵大叫，而他永远不会再醒过来了。他好像是喝下了罂粟汁……也许他是真的喝下去了，但如果是这样，又会是谁给他喝的？没有人，我发誓。他也不可能主动去喝。哦，也许昨天我们就该知道会发生这种事了。"赫妮伸手摸摸她身上戴着的众多护身符之一，"阿蒙神保佑我们对抗地狱的恶魔！那个小男孩说出了他所见到的，说出了他是怎么看到'她'的，所以她回来，给他喝了罂粟汁，让他永远地闭上了眼睛。哦，她非常强大，那个诺芙瑞！她出过国，你知道，离开过埃及。我敢发誓，她一定懂各种各样的异邦魔法。我们在这里不安全，没有一个人是安全的。你父亲应该为阿蒙神献几头牛，必要的话杀掉一整群。这可不是节省的时候，我们必须保护自己，必须向你母亲祈求庇护。伊姆霍特普正在计划这样做，莫苏祭司说的。他们要给死人写一封庄严的信。霍里正忙着起草信的内容。你父亲主张写给诺芙瑞，向她请求。你知道，'卓越的诺芙瑞，我曾经对你做过什么坏事？'之类的。但正如莫苏祭司指出来的，我们需要更强硬的手段。你母亲亚莎伊特，是位伟大的女士。她的舅舅是位省长，哥哥是底比斯大臣的大管家。她一旦知道了，肯定会想尽办法处理这件事，绝不可能让一个小妾毁掉她亲生的子女！哦，是的，正义将会得到伸张。就像我所说的，霍里正在起草写给她的请愿书。"

雷妮森本来打算去找霍里，告诉他有关那条狮子项链的事。但如果霍里正在伊西斯神庙里和祭司们忙着写信的话，那和他独处是没什么希望了。

她该去找父亲吗？雷妮森对这个念头不满地摇了摇头。她儿时那种相信父亲无所不能的信念已经差不多消失殆尽了。现在她意识到，原来在危机时刻，他是那么容易崩溃，那种权威和力量只是徒有其表。如果亚莫斯没有生病，她可能会选择告诉他，尽管她怀疑他是否能给出任何有建设性的意见。他或许会坚持要把这件事告诉伊姆霍特普。

而这，雷妮森急切地感受到，是不惜任何代价都要加以避免的。伊姆霍特普知道后做的第一件事，肯定是把这件事公之于众。而雷妮森的直觉强烈地告诉她要保守这个秘密，尽管她很难确切地说出是为什么。

不，她需要的是霍里的建议。霍里总是能知道应该怎么做。他会把那条项链，连同她的担忧、困惑一并拿走。他会用他那仁慈、庄严的眼睛看着她，马上，她就会安下心来……

有那么一瞬间，雷妮森想到也许可以跟凯特谈谈。可这个主意让她不太满意；凯特从来不专心听别人讲话。或许，如果把她引离她的子女——不，这行不通。凯特人不错，但是很愚笨。

雷妮森心想：还有卡梅尼……和我的祖母。

卡梅尼……？想到跟卡梅尼谈话让她有种愉悦的感觉。她可以在脑海里清晰地想象出他的脸。他脸上的表情从挑逗变成兴趣，再变成为她而生的担忧……或者，不是为了她？

她为什么会有这种隐隐的疑虑，认为卡梅尼和诺芙瑞是比表面上看起来更为亲近的朋友？是因为卡梅尼帮过诺芙瑞煽动伊姆霍特普跟家人分离吗？他辩解过他是迫不得已的，但他说的是实话吗？那样说好像的确会更轻松。卡梅尼说的任何一句话听起来都是那么轻松、自然又正确。他的笑声是那么的欢乐，让你也想跟着他一起笑。他走起路来的样子是那么的优雅，他的脑袋从平滑的古铜色肩头上转过来，两眼凝视着你，凝视着你……雷妮森的思绪困惑地中断了。卡梅尼的眼睛不像霍里的眼睛那样安全、仁慈。它们充满了渴望与挑战。

雷妮森想到这里，双颊泛红，两眼生出火花。但是她决定不告诉卡梅尼她发现诺芙瑞项链的事。不，她要告诉伊莎。伊莎昨天的表现令她印象深刻。尽管她老了，但是那位老人能够把握事物的本质，拥有敏锐的洞察力。这是任何其他家庭成员都不具备的。

雷妮森想：她虽然老了，但是她会知道该怎么办。

2

一提到那条项链，伊莎就快速地扫视四周，一根手指竖在唇间，同时伸出另一只手。雷妮森在衣襟里摸索着，拿出那条项链，放在伊莎手上。伊莎将项链举到模糊的眼前，看了一会儿，然后塞进衣服里。她用低沉又威严的声音说道："现在不要再说下去了，这屋子里的谈话有上百只耳朵在听。我昨晚大部分时间都躺着没睡，一直在想，有很多事必须要采取行动了。"

"父亲和霍里已经在伊西斯神庙跟莫苏祭司协商起草一封写给我母亲的信了，恳求她出面干涉。"

"我知道。好吧，就让你父亲去关心死人灵魂的事吧。我来处理现世的事。霍里回来的时候，把他带到我这里来。有些事情必须说出来讨论一下，我相信霍里。"

"霍里会知道该怎么办。"雷妮森愉快地说。

伊莎用奇特的眼光看着她。

"你常上山到墓地那儿去找他吧？你们谈些什么，你和霍里？"

雷妮森暧昧地摇了摇头。

"哦，尼罗河和埃及，光线的变化，底下的沙滩，还有岩石的颜色……但是我们经常什么都不谈，只是坐在那里，一片宁静，没有责骂声，没有小孩啼哭声，没有来来去去的嘈杂声。我可以想我自己的事情，霍里不会干扰我。然后，有时候，我抬起头，发现他在看我，我们会相视一笑……我在那里很开心。"

伊莎缓缓地说："你真幸运，雷妮森。你已经找到了内心的快乐。对大部分女人来说，所谓快乐就是为一些小事忙碌。是对孩子的关爱，跟其他女人说笑争吵，还有对男人的时爱时恨。她们的快乐就像小东西串连起来的珠子一样。"

"您的生活也是那样吗，奶奶？"

"大部分时候是。但如今我年纪大了，更多时间是独自坐在这里，我的眼神不好，行动也不方便……我才了解到有一种内在的生活和一种外在的生活。可是我太老了，无法再去学习真正的生活之道。因此我骂骂我的小女仆，享受刚从厨房里端出锅的热腾腾的美食，品尝烤出来的各种面包，享用熟透的葡萄和石榴汁。一切都会变，只有这些能留下来。我最喜欢的孩子已经不在人世了。你父亲，太阳神保佑他，一直是个傻瓜。当他还是个咿呀学语的小男孩时，我爱他，但如今他那自以为是的样子让我生气。在我的孙辈当中我爱的是你，雷妮森。谈到孙辈，伊彼呢？我昨天今天都没看到他。"

"他忙着监督贮存谷物。我父亲要他负责这件事。"

伊莎露齿一笑。

"那会让我们的小雄鹅扬扬得意的。他会摆出一副了不得的样子。等他回来吃饭的时候叫他来见我。"

"好的，伊莎。"

"其余的，雷妮森，保持沉默……"

3

"您要见我，奶奶？"

伊彼傲慢地站在那里，面带微笑，脑袋稍稍偏向一边，洁白的齿间咬着一朵花。他看起来对自己的生活非常满意自得。

"如果你能抽出一点儿宝贵的时间的话。"伊莎说着，眯起双眼仔细地上下打量着他。

她尖酸刻薄的语气并没有引起伊彼的注意。

"我今天真的非常忙。父亲到庙里去了，我必须监督这里的每一件事。"

"小豺狼叫得可真大声。"伊莎说。

然而伊彼不为所动。

"得了吧，奶奶，您肯定不只是要跟我说这些吧。"

"我当然还有话要说。首先告诉你，这是幢丧宅。葬仪社的人还在处理你哥哥索贝克的尸体，而你脸上的表情却像过节一样开心。"

"你不是伪君子，伊莎。你宁愿我惺惺作态吗？你很清楚我和索贝克之间并没有什么兄弟情。他尽他所能阻碍我，干扰我，把我当小孩子看。在田里他分配给我的都是最羞耻、最孩子气的工作。他常常嘲笑我，而当我父亲要我跟哥哥一样做他的事业合伙人时，是索贝克说服他不要那样做的。"

"你为什么认为是索贝克说服他的？"伊莎厉声问道。

"卡梅尼告诉我的。"

"卡梅尼？"伊莎扬起眉头，把假发往旁边一推，挠着头，"是卡梅尼？现在这件事变得有意思了。"

"卡梅尼说他是从赫妮那儿得到的消息。我们都有同感，赫妮总是无所不知。"

"但是，"伊莎冷漠地说，"赫妮也有错的时候。毫无疑问，索贝克和亚莫斯两个人都认为你太年轻了。但是，是我——是的，我——说服你父亲不要把你包括在内的。"

"您，祖母？"小男孩一脸惊讶地盯着祖母，然后一阵阴霾笼罩了他的面孔,花朵从他唇上掉了下来,"你为什么要那样做?那与你何干?"

"和我的家庭有关,就和我有关。"

"所以我父亲就听从了你的建议?"

"当时没有,"伊莎干巴巴地说,"但是我要给你上一课,我漂亮的孩子。女人总是采用迂回战术。而且她们知道——如果不是生来就懂,就是后天学到的——如何掌控男人的弱点。你或许还记得那个阴凉的傍晚,我叫赫妮把棋盘拿到门廊去的时候。"

"我记得。父亲和我一起下了棋。这怎么了吗?"

"就是这个。你们下了三盘。而每一次,比较聪明的你,都赢了你的父亲。"

"是的。"

"就是这样,"伊莎闭上眼睛说,"你父亲,像所有差劲的棋手一样,不喜欢被打败,尤其是被一个毛头小子打败。所以他想起了我的话,做出了决定:你确实还太年轻了,不能让你当合伙人。"

伊彼凝视了她一会儿,然后大笑起来,是那种令人不太舒服的笑声。

"你真聪明,伊莎,"他说,"是的,你可能是老了,但是你真聪明。你和我绝对是这家里最有头脑的两个人。你在我们下的这盘棋上占了先机。但是你看着吧,下一局我一定会赢的。照顾好你自己吧,祖母。"

"那是当然。"伊莎说,"同时借你的话,我也给你个忠告:照顾好你自己。你的一个哥哥死了,另一个差点死掉。你也是你父亲的儿子。你可能会走上同一条路。"

伊彼轻蔑地大笑。

"我可一点儿也不怕。"

"为什么?你也威胁侮辱过诺芙瑞。"

"诺芙瑞!"伊彼的不屑尽显无遗。

"你在想些什么?"伊莎厉声问道。

"我有我的想法,奶奶。而且我可以向您保证,诺芙瑞和她那鬼魂的把戏可吓不到我。她尽管把她的本事都使出来好了!"

这时他身后传来一声刺耳的哀号,赫妮嚷嚷着跑进来。"傻孩子,鲁莽的孩子。冒犯死人!在我们都尝到了她的厉害之后!而你连一个护身符都没戴!"

"护身符?我会保护自己。别挡我的道,赫妮。我还有工作要做。这些懒惰的农夫马上就会知道,有个真正的主人监督他们是什么滋味了。"

伊彼把赫妮推到一旁,大步跨出门去。

伊莎打断了赫妮悲叹的絮语。

"听我说,赫妮,不要再为伊彼大喊大叫了。他也许知道他在干什么,也许不知道。他的态度很奇怪。不过你得回答我这个问题,你有没有告诉卡梅尼,是索贝克怂恿伊姆霍特普不要把伊彼列入合伙人的?"

赫妮的牢骚声又降回到往常的声调。

"我在这家里实在太忙了,没空浪费时间跑去告诉别人什么事,更不用说是去告诉卡梅尼了。我保证,如果他不主动来和我说话,我是不会跟他说上一个字的。他风度翩翩,这点你一定也承认,伊莎。我不是唯一一个这样想的人,当然不是!按理说,一个年轻的寡妇想再次找人组建家庭的话,通常都会迷上英俊年轻的小伙子。至于伊姆霍特普会怎么说,我就不知道了。无论如何,卡梅尼只不过是个下级书记员而已。"

"不要去管卡梅尼是什么、不是什么！你到底有没有告诉过他反对伊彼加入合伙人的是索贝克？"

"哦，真的，伊莎，我不记得我说过什么了。实际上我并没有跑去告诉过任何人，这是很确定的。不过到处都有人在传闲话，你自己也知道索贝克说——亚莫斯也说，虽然说得没有那么大声，也不常说——伊彼还只是个孩子，合伙的事情肯定行不通。据我所知，卡梅尼可能是听索贝克亲口说的，而不是从我这儿听的。我从来不传闲话。不过毕竟，舌头就是用来说话的，我又不是聋哑人。"

"你确实不是，"伊莎说，"赫妮，舌头有时可能成为武器，舌头可能带来死亡，可能不止带来一场死亡。我希望你的舌头没有导致过死亡，赫妮。"

"天哪，伊莎，你怎么能说这种话！你在想什么？我保证，我从没说过任何一句不能公之于众的话。我把一切都奉献给了这个家庭，我愿意为他们任何一个人去死。哦，他们低估了老赫妮的忠心，我曾向他们亲爱的母亲许诺过——"

"哈，"伊莎打断了她的话，说，"我那用韭菜和芹菜烹调过的肥嫩芦苇鸟送来了。闻起来鲜美极了，烹得恰到好处。既然你这么忠心，赫妮，你可以从边上尝一小口，以防这食物被下了毒。"

"伊莎！"赫妮尖叫道，"下了毒！你怎么能说这种话！这可是从我们自己厨房里烹调出来的。"

"哦，"伊莎说，"总要有人尝一下，只是以防万一。而这个人最好是你，赫妮，因为你这么乐于为家里的任何一个成员而死。我想这种死大概不会很痛苦吧。来，赫妮，看看，肥嫩多汁，看起来多好吃啊。不，谢谢，我不想失去我的小女奴。她既年轻又快乐。你已经过了你的黄金年华,赫妮,你就算出了什么事也无妨。来吧,张开嘴……很好吃吧?我说,你脸色看起来可真绿。你不喜欢我的小玩笑吗?我想你的确不喜欢。哈哈,嘻嘻!"

伊莎乐得左摇右摆,然后忽然安静下来,开始贪婪地享用她最爱的这道菜。

第十五章
第二个月 第一天

1

神庙里的讨论结束了。请愿书已经起草并修改完成。霍里和神庙的两个书记员一直在忙这件事。现在第一步终于完成了。

祭司示意把请愿书的草稿拿出来念。

致亚莎伊特之灵：

此信来自你的情人和丈夫。你作为妻子，还记得丈夫吗？作为母亲，还记得子女吗？高高在上的亚莎伊特，是否知道有个恶灵正在威胁你子女的生命？你的儿子索贝克已经中毒，去了冥府。

我在你生前对你尊宠至极。我给你珠宝和衣服，香膏和香水，滋润你的肢体。我们一起享用美食，面对满桌上好的食物，宁静和睦地坐在一起。你生病时，我不惜一切代价帮你找最好的医师。你离世的时候，我用最高级别的礼俗为你安葬，你在另一个世界需要的任何东西，我都供应给你：仆人、牛群、食物、饮料、珠宝和衣裳。我为你守了好几年丧。在过了很久之后,我才找了个妾,重获一个还未衰老的男人的生活。

现在这个妾对你的儿女做出了邪恶的事情。你不知道吗?或许你并不知道。当然,如果亚莎伊特知道,她一定会立刻来救助她的儿子。

或许亚莎伊特知道了,但是因为那个妾女的法力高强,所以邪恶仍在蔓延?这当然非你所愿,高高在上的亚莎伊特。然而,你在冥府里还有一些伟大的亲戚和有力的帮手。伟大高贵的伊彼,底比斯大臣的总管。请求他来协助!还有你的舅舅,伟大、权尊势重的梅瑞普塔。让他知晓这些可耻的事实,请他开庭审理!传唤所有证人,让他们做证,指控诺芙瑞的恶行。让正义伸张,让诺芙瑞定罪,让她不能再对这屋子里的人做出任何邪恶的事。

哦,优秀的亚莎伊特,如果你在为丈夫伊姆霍特普听信了这个女人的谗言,威胁要对你亲生的孩子做出不公正的事而生气,那么你想想,现在受苦的不止他一个人,还有你的孩子们。看在你孩子的分上,原谅你丈夫伊姆霍特普所做的一切吧。

主书记员念完以后,莫苏赞同地点了点头。

"表达得很好。我想,没有什么遗漏之处。"伊姆霍特普站了起来。

"谢谢你,可敬的祭司。我的供奉品明天太阳下山之前会送到你那里去。牛、油脂和亚麻布。我们能否把仪式定在后天?后天把铭钵放到坟墓的供桌上去?"

"定在大后天吧。请愿书要刻在钵上,还有一些必要的仪式准备工作。"

"好的。我只是希望不要再有任何灾难降临了。"

"我能理解你的焦虑,伊姆霍特普。不过你不用怕。亚莎伊特之灵一定会应验的,她的亲戚有权有势,可以帮我们主持公道。"

"愿伊西斯神保佑!谢谢你,莫苏,也谢谢你对我儿子亚莫斯的照顾。来吧,霍里,我们还有很多事必须处理。让我们先回屋子里去。啊,这份请愿书的确减轻了我心头的负担。亚莎伊特不会让她心神不宁的丈夫失望的。"

2

当霍里卷着几张莎草纸走进院子里时,雷妮森正远远地望着他。她从湖边快步跑过来。

"霍里!"

"什么事,雷妮森?"

"你陪我去见伊莎好吗?她一直在等你。"

"当然。让我看看伊姆霍特普是否——"

伊姆霍特普被伊彼缠住了,父子俩正热切地交谈着。

"我先把手里这些东西放下就跟你去,雷妮森。"

当雷妮森和霍里去找伊莎的时候,伊莎显得很高兴。

"霍里来了,祖母。我一见到他就立刻带他来了。"

"好。外头的空气好吗?"

"我……我想是的。"雷妮森被问得略微有些意外。

"那么把我的拐杖拿来。我想到院子里去走走。"

伊莎很少离开屋子,雷妮森感到有些惊讶。她用一只手搀扶着老妇人。她们穿过大厅，走到门廊上。

"在这里坐下好吗，祖母？"

"不，孩子，我要走到湖边去。"

伊莎步履蹒跚，不过尽管她一瘸一拐，步伐却很有力量，丝毫没有疲累的迹象。她向四周看看，选了湖边有个小花床的地方，在无花果树的树荫下坐下。

她一坐下，就心满意足地说："就是这里了！现在我们可以开始聊聊，没有其他人能听得到。"

"你真聪明，伊莎。"霍里赞许地说。

"我接下来说的话必须只有我们三个人知道。我相信你，霍里。你从小就跟我们在一起。你一向忠实、谨慎，而且聪明。雷妮森是我最亲爱的孙女。她不能受到任何伤害，霍里。"

"她不会受到任何伤害，伊莎。"

霍里并没有提高声音，然而他的音调和脸上的表情，都让老妇人非常满意。

"说得好，霍里。平静、不激动，却是心底话。现在，告诉我你们今天都做了些什么？"

霍里把起草请愿书的事和请愿书的内容要点告诉了她，伊莎仔细地听着。

"现在，听我说，霍里，看看这个。"她从衣服里拿出那条带狮子的项链递给他，又补充道，"告诉他，雷妮森，你是在什么地方发现这个的。"雷妮森说完以后，伊莎问："怎么样，霍里，你对这事怎么看？"

霍里沉默了一会儿，然后问道："您年纪大又有智慧，伊莎，您认为呢？"

伊莎说："霍里，你是那种没有事实依据绝不妄下定论的人。

你一开始就知道诺芙瑞是怎么死的,是不是?"

"我怀疑过这件事,伊莎。仅仅是怀疑而已。"

"不错,我们现在也只是怀疑而已。而现在,在湖边,只有我们三个人,大可把内心的疑虑都说出来,事后也不会再提起。在我看来,这一系列惨剧有三种解释。第一是那个牧童说的是实话,他真的看到了诺芙瑞的鬼魂从冥府归来,决心继续采取报复行动,增加我家人的痛苦和悲伤。这的确有可能,祭司和其他人都说这有可能。而且我们知道,疾病是由恶灵引发的。但是,就我这个老太婆来看,我不太愿意相信祭司和其他人的这种说法。还有其他的可能性。"

"比如?"霍里问道。

"我们姑且承认诺芙瑞是被莎蒂彼杀害的。一段时间以后,莎蒂彼在同一地点起了幻觉,看到了诺芙瑞,而且在恐惧和罪恶感的驱使下,不慎跌落摔死了。这都说得通。但让我们来看看另一个假设,也就是在那之后,某一个人,为了一个我们尚且不知的理由,想要造成伊姆霍特普两个儿子的死亡。那个人假借迷信,把罪过推到诺芙瑞的鬼魂身上,这是个非常便利的方法。"

"谁想要害亚莫斯和索贝克?"雷妮森叫了起来。

"不是某个仆人,"伊莎说,"他们不敢。这么一来,有嫌疑的人就不多了。"

"我们中的一个吗?可是祖母,这不可能!"

"问问霍里,"伊莎冷冰冰地说,"你注意到他并没有反对。"

雷妮森转向他。

"霍里,你当然——"

霍里严肃地摇了摇头。

"雷妮森,你太年轻,容易轻信别人。你认为你所认识、所爱的每个人都像表面上看起来的那样。你不懂人心中可能蕴含的痛苦和邪恶。是的，邪恶。"

"可是，谁会……会是谁……？"

伊莎迅速插进来说："让我们再回头想想那个牧童说的话：他看到了一个女人，穿着诺芙瑞的染色亚麻布衣服，戴着诺芙瑞的项链。如果没有鬼魂，那么他看到的确实就是这样一幅景象。也就是说，他看到了一个故意打扮成诺芙瑞的女人。她可能是凯特，可能是赫妮，还有可能是你，雷妮森！从那个距离看，她可能是任何一个穿上女人衣服、戴上假发的人。嘘——让我把话说完。还有一种可能是，他说的故事是人家教他说的。他听命于某个有权命令他的人，但他可能太笨了，甚至不了解人家贿赂他、哄他说的那些话的要点。如今我们已经无从得知，因为那个小男孩已经死了。他的死亡本身就在暗示某种可能性。这使我相信那个小男孩说的话是别人教他的。因为如果今天他再被紧紧追问下去，他的那个故事就会站不住脚。只要有点耐心，很容易就可以查出一个孩子有没有说谎。"

"这么说您认为我们之中有个下毒的人？"霍里问道。

"我是这么想的，"伊莎说，"你觉得呢？"

"我也这样认为。"霍里说。

雷妮森沮丧地看着他们。

霍里继续说："但动机实在是让人摸不着头脑。"

"我同意，"伊莎赞同道，"这就是我感到不安的原因。我不知道下一个受到威胁的人会是谁。"

雷妮森插了句嘴："但是，是我们之中的一个？"她的语气仍然显得难以置信。

伊莎坚定地说："是的，雷妮森，我们之中的一个。赫妮、凯特、伊彼、卡梅尼，也可能是伊姆霍特普自己，是的，或者是伊莎、霍里，甚至是——"她微微一笑，"雷妮森。"

"您说得对，伊莎。"霍里说，"我们必须把自己也包括在内。"

"可是，为什么？"雷妮森的声音带着未知的恐惧，"为什么呢？"

"如果我们知道，就差不多知道一切了。"伊莎说，"我们只能从谁遭到了迫害着手，记住，索贝克是在亚莫斯已经开始喝酒之后不久偶然加入的。因此，可以确定的是，不管是谁下的手，他想要害死的是亚莫斯，比较不确定的是那个人是否也想害死索贝克。"

"可是，有谁会想害死亚莫斯呢？"雷妮森怀疑地问道，"亚莫斯是我们之中最不可能有仇人的。他一向安安静静、和和气气的。"

"因此，很显然，动机并不是个人恩怨。"霍里说，"如雷妮森所说，亚莫斯不是那种会跟人家结仇的人。"

"不，"伊莎说，"动机比那更隐晦。我们可以说那个人的恨是冲着全家人来的，不然就是有一种《普塔霍特普教谕》中描述的贪婪妄念隐藏在整件事背后。确实，如他所说，该责怪的是形形色色的各种邪恶！"

"我明白您的思路，伊莎。"霍里说，"不过在得出结论之前，我们得先对未来做个预测。"

伊莎猛点着头，她的假发倾斜至耳旁。尽管这令她的外表显得古怪可笑，却没有人想笑。

"你可以预测一下，霍里。"她说。

霍里沉默了一会儿，他的眼睛充满深沉的思考。两个女人静静地等待着。然后,他终于开口。

"如果亚莫斯的死是计算好的,那么主要的受益人应该是伊姆霍特普剩下的两个儿子,索贝克和伊彼。毫无疑问,有一部分财产会被分给亚莫斯的孩子们,但是控制权会在他们手上,尤其是在索贝克的手上。索贝克无疑是收获最大的人。他会在伊姆霍特普外出时代理祭祀业主的职务,在伊姆霍特普死后继承产业。但是,索贝克虽然受益,却不可能是凶手,因为他开心地痛饮了那壶毒酒,死掉了。因此,亚莫斯和索贝克的死亡只能让一个人受益。至少目前看来是这样的。而那个人,就是伊彼。"

"我很同意,"伊莎说,"我就知道你有先见之明,霍里。我很欣赏你的看法。我们就来考虑一下伊彼:他年轻,没有耐心;各方面品性都不好;他正处在希望达成欲望的年龄。他对两个哥哥感到愤愤不平,认为他被排除在了合伙人之外,觉得这样很不公平。而且,卡梅尼还对他说了那些不明智的话——"

"卡梅尼?"

雷妮森打断了祖母。她话一出口脸就涨红起来,然后咬住了嘴唇。霍里转过头来看她。他那深邃、温柔、似乎能看透一切的目光莫名地伤到了她。伊莎伸长了脖子,凝视着她。

"是的,"她说,"卡梅尼说的。至于是不是赫妮煽风点火,就是另一回事了。但伊彼确实野心勃勃,骄傲自负,对兄长高高在上的态度愤愤不平,他确实自认为是家里最聪明的人,像他很久以前告诉我的那样。"

伊莎的语气很冷淡。霍里问道:"他对您那样说过?"

"他好心地把我跟他一样归为家里最有智慧的人之一。"

雷妮森难以置信地问道:"您认为是伊彼蓄意毒害了亚莫斯和索贝克?"

"我认为有这个可能,仅此而已。这些都只是怀疑,我们尚未加以证实。人自出现以来就在手足相残,明知神不喜欢这种杀戮,却还是会受贪婪和嫉恨的邪念驱使。如果伊彼干下这种事,就很难找出证据证实是他干的,因为伊彼,我必须承认,确实聪明。"

霍里点点头。

"不过,就像我之前说的,我们在这棵无花果树下谈的是怀疑。我们现在就用这种怀疑的目光继续研究家里的每一名成员,如我所说,我把仆人排除在外是因为我完全不相信他们中有任何一个人敢做这种事。但是我并没有排除赫妮。"

"赫妮?"雷妮森叫了起来,"可是赫妮一直在为大家忠诚奉献。她一向都这样说。"

"要把谎话说得像真的一样并不难。我认识赫妮好些年了。当她还是个年轻的妇女,跟你母亲一起来这里时,我就认识她。她是你母亲的亲戚。可怜又不幸,她丈夫不喜欢她。赫妮确实一向平庸、没有吸引力。于是那个男人和她离了婚,她生的一个孩子也夭折了。她来这里到处宣称她热爱你的母亲,但是我看过她望向你母亲的眼神。我告诉你,雷妮森,她的眼中根本没有爱。没有,说是尖酸的嫉妒还差不多,至于她自称的对你们大家的忠实奉献,我更是一点也不相信。"

"告诉我,雷妮森,"霍里说,"你对赫妮有感情吗?"

"没……没有,"雷妮森不情愿地说,"我无法对她产生好感,我常常因为我不喜欢她而感到自责。"

"你不认为那是因为你直觉上知道她说的话都是假的吗?她把经常挂在嘴边的、对你们的爱付诸于实际行动过吗?她不是一向都在你们之间煽动不和、散布一些可能引起伤害和愤恨的话吗？"

"是……是的，这倒是事实。"

伊莎干笑了几声。

"你真是耳聪目明，了不起的霍里。"

雷妮森争辩道："可是我父亲信任她，而且喜欢她。"

"我儿子是个傻瓜，而且一向都是。"伊莎说："所有的男人都喜欢人家阿谀奉承，赫妮擅长利用这一点！她也许真的对他忠心奉献，有时候我想她也确实做到了，不过她没有对这屋里的其他任何人忠实过。"

"可是她肯定不会……不会杀人的，"雷妮森抗辩道，"为什么她会想要毒害我们？这对她有什么好处吗？"

"没有任何好处，是没有任何好处。至于为什么……我不知道赫妮脑子里想的是什么。我不知道她在想什么，有什么感受。不过我想在那阿谀奉承、摇尾乞怜的态度下，定是酝酿着一些奇奇怪怪的想法。如果真是这样，她的理由也会是我们——你、我和霍里，无法理解的。"

霍里点点头。

"有一种腐化是从内部开始的，我曾经跟雷妮森说过。"

"我当时不理解您的意思，"雷妮森说，"不过我现在开始理解了。是从诺芙瑞来到这里时开始的。那时我明白了，我们之中没有一个人是我所认为的那样，那让我害怕……而如今，"她做了个无助的手势，"一切都令人感到恐惧……"

"恐惧因无知而生，"霍里说，"当我们理解之后，雷妮森，就不再那么恐惧了。"

"然后，当然了，还有凯特。"伊莎继续补充道。

"不会是凯特的，"雷妮森抗议，"凯特不会想要杀害索贝克，这太难以置信了。"

"没有什么是令人难以置信的，"伊莎说，"我这一辈子至少学到了这一点。凯特是个彻头彻尾的笨女人，而我一向不信任笨女人，她们都很危险。她们只看得到眼前的东西，而且每次只能看到一样。凯特活在她自己那个狭小的世界里，她的眼里只有孩子和孩子的父亲索贝克。她可能只是单纯地想到，除掉亚莫斯会使她的孩子更富裕。伊姆霍特普向来对索贝克不满。他急躁、没有耐心，也没什么责任感。伊姆霍特普信任的儿子是亚莫斯，但是，一旦亚莫斯死了，伊姆霍特普就只能信任索贝克了，她的思路可能就是这么简单。"

雷妮森浑身一颤，她不由自主地认清了凯特对待生活的真正态度。她的温柔、她的体贴和她那平静的爱，都指向她的孩子。除了她自己、她的孩子和索贝克，这个世界对她来说并不存在，她对这个世界毫无好奇心和兴趣。

雷妮森缓缓地说："但她肯定知道索贝克可能会回来，因为口渴而喝下那壶酒，不是吗？这是相当可能的事，事实上也是如此。"

"不，"伊莎说，"我不认为她能想到，像我之前说的，凯特是个笨女人。她只会看到她想看到的——亚莫斯喝下酒，死掉，责任被推到我们邪恶美丽的诺芙瑞身上，大家都会认为是她的鬼魂在作祟。她只能看到单纯的一件事，看不到各种其他的可能性，而且由于她不想要索贝克死，她绝不会想到他可能会出其不意地回来。"

"而如今索贝克死了，亚莫斯却还活着！如果你的设想是真的，那么这对她来说该是多么可怕的事啊。"

"在你愚蠢的时候，这种事是会降临到你头上的。"伊莎说，

"事情的发生跟你原先的计划完全两样。"她停顿了一下,然后继续,"我们再来谈谈卡梅尼。"

"卡梅尼?"雷妮森觉得有必要把这个名字用平静而毫无抗议的语气说出来,她再次因为意识到霍里的目光而感到一阵不自在。

"是的,我们不能把卡梅尼排除在外。他看似没有伤害我们的动机,然而我们又对真正的他了解多少呢?他从北地来,跟诺芙瑞来自同一地区。他帮过她——自愿或非自愿,谁能说得清呢?他帮她让伊姆霍特普狠下心来,和他的亲生骨肉作对。我注意他已经有些日子了,却完全看不透他。在我看来,他似乎只是个普普通通的年轻人,头脑比较清晰,而且,除了人长得英俊以外,还有种吸引女人眼光的特质。是的,女人总会喜欢卡梅尼,不过我也可能错了,他不是个能真正抓住女人心的人。他看起来总是一副欢乐、无忧无虑的样子,而且在诺芙瑞死掉的时候,也并没有表现出多大的关心。

"不过这一切都只是外在的表现,谁能说得清人心里的东西?一个意志坚决的人可以轻易地扮演某个角色……卡梅尼是否在心里为诺芙瑞之死而愤恨?他会不会想要寻求方法为她复仇?是不是因为莎蒂彼杀害了诺芙瑞,她的丈夫亚莫斯也非死不可?是的,还有索贝克,他威胁过她——或许还有凯特,她用各种小把戏迫害过诺芙瑞。伊彼也恨她。这看来好像是捕风捉影,但是谁知道呢?"

伊莎停下来,看着霍里。

"谁知道呢,伊莎?"

伊莎用精明的眼光凝视着他。

"或许你知道吧,霍里?你心里有数,不是吗?"

霍里沉默了一会儿，然后说："是的，对于是谁在酒里下毒，还有为什么，我有自己的看法。不过还不太明确。而且说真的，我不明白……"他停顿了一会儿，皱着眉头，然后摇摇头，"不，我无法确切指控任何人。"

"我们在这里谈的只是怀疑。继续说，霍里。"

霍里摇摇头。

"不，伊莎，这只是个模糊的想法……而且如果这个想法是真的，那么你还是不要知道的好。知道了可能会有危险，雷妮森也一样。"

"那么对你而言也有危险吗，霍里？"

"是的，有危险……我想，伊莎，我们全都处在危险中。尽管雷妮森或许是受危害程度最低的一个。"

伊莎一言不发地看了他很长时间。

"我真想知道，"她最后说道，"你脑子里都在想些什么。"

霍里没有直接回答，他认真思考了一阵之后，说："要想知道一个人的内心所想，唯一的线索就是看他们的行为。如果一个人行为古怪，不像平日的他……"

"你就会怀疑他？"雷妮森问道。

"不，"霍里说，"我要说的就是这个。一个心存邪念、意图邪恶的男人对自己的所作所为是有自知之明的，他知道要不惜一切代价把心中的邪恶掩藏起来。因此，他不敢有任何不寻常的行为，他负担不起后果……"

"一个男人？"伊莎问道。

"男人或者女人，都一样。"

"这样啊。"伊莎用锐利的眼光扫了他一眼，然后说，"那么我们呢？我们三个有什么嫌疑？"

"这也是我们必须面对的。"霍里说,"我在家里很受信赖。契约的拟定,谷物的分配都由我操办。作为一个书记员,我处理一切账目。我有可能做假账,就像卡梅尼在北地揭发过的那样。亚莫斯可能会感到困惑,他可能会起疑,因此我便有必要封住他的口。"他说着,温和地一笑。

"天哪,霍里。"雷妮森说,"你怎么可以说这种话!任何一个了解你的人都不会相信的。"

"雷妮森,没有人真正了解别人,让我再告诉你一次。"

"我呢?"伊莎说,"我有什么嫌疑呢?哦,我老了。人老了的时候,头脑有时就会变得病态。以前的爱就会变成恨,我可能厌倦了我的儿孙们,想毁掉自己的亲骨肉,有时候人老了,是会受到一些邪念困扰的。"

"那我呢?"雷妮森问道,"为什么我会想要杀害我亲爱的哥哥?"

霍里说:"如果亚莫斯、索贝克和伊彼都死了,那么你便是伊姆霍特普最后一个孩子。他会帮你找个丈夫,而这里的一切便都是你们的。你和你丈夫便成了亚莫斯和索贝克孩子的监护人。"

他微微一笑。

"不过,我指着这棵果树发誓,我们并不怀疑你,雷妮森。"

"不管发誓与否,我们都爱你。"伊莎说。

3

"原来你到屋外去啦?"赫妮在伊莎蹒跚地回到房间后,匆匆地进来说,"你几乎有一年没这么做了!"

她用试探的眼光看着伊莎。

"老年人，"伊莎说，"总有一时兴起的时候。"

"我看见你坐在湖边，和霍里、雷妮森在一起。"

"他们两个都是令人愉快的伴侣。还有什么是你看不见的吗，赫妮？"

"真的，伊莎，我不知道你想说什么！你们坐在那里，全世界的人都看得见。"

"只是没有近到全世界的人都能听见我们的谈话！"

伊莎咧嘴一笑，赫妮怒不可遏。

"我不知道为什么你对我这么不友善，伊莎！你总是话中带刺。我太忙了，没有时间去听别人的谈话。我干吗管别人说些什么啊！"

"我也经常纳闷这个问题。"

"要不是为了伊姆霍特普，要不是他真的欣赏我——"

伊莎猛然打断她的话："是的，要不是为了伊姆霍特普！你依赖仰仗的是伊姆霍特普，可不是吗？要是伊姆霍特普出了什么事——"

这次轮到赫妮打断了她的话。

"伊姆霍特普不会出什么事的！"

"你怎么知道，赫妮？这屋子里还有安全可言吗？亚莫斯和索贝克都已经出事了。"

"这倒是事实。索贝克死了，而亚莫斯差点死掉……"

"赫妮！"伊莎身子向前一倾，"为什么你说这句话的时候在笑？"

"我？我在笑？"赫妮吓了一跳，"你在做梦吧，伊莎！在这种时候……谈这种可怕的事……我怎么可能笑？"

"我是几乎失明了没错，"伊莎说，"不过我还没有全瞎。有时候，借着光线，眯起双眼，我看得很清楚。如果一个人知道他说话的对象眼力不好，他就可能会很不小心，暴露心中真正的想法。所以我再问你一次：为什么你会露出暗暗自喜的微笑呢？"

"你这样说真让人难以忍受，相当难以忍受！"

"你现在害怕了。"

"这屋子里发生了这些事，谁不害怕？"赫妮尖声叫了起来，"我们全都害怕，我确信，恶灵从冥府里回来折磨我们了！不过我知道是为什么，你听了霍里的话。他对你说了我什么？"

"霍里知道你的什么，赫妮？"

"没有——根本什么都没有。你还是问问我知道他些什么的好！"

伊莎的眼神变得锐利起来。

赫妮把头向后一仰。

"啊，你们全都看不起可怜的赫妮！你们以为她又丑又笨，但我知道是怎么一回事！我知道很多事情——的确，这屋子里很少有我不知道的事！或许我是笨，但是我数得出一行地种下了多少颗豆子。可能我比霍里那样的聪明人看得还清楚。霍里不管在什么地方遇见我，都把我当成空气，眼睛看着我背后的某样东西，某样并不存在的东西。要我说，他最好看着我！他也许以为我愚蠢、不重要，但是那些聪明人并不是总能知道一切！莎蒂彼自以为聪明，结果她现在在哪里？我倒想知道！"

赫妮得意扬扬地停下来，一阵不安笼罩了她。她明显地畏缩了一下，紧张兮兮地看着伊莎。

然而伊莎似乎陷入了自己的思绪中。她的脸上有种震惊，几近于惊吓、迷惑的神色。她深沉而缓慢地说道："莎蒂彼……"

赫妮以她惯常的可怜兮兮的语气说："对不起，伊莎，真是对不起，我发了脾气。真的，我不知道我是中了什么邪。我并不是有意那么说的——"

伊莎抬起头来，打断了她的话。

"走开，赫妮。你是不是有意的并不重要。不过你说的一句话点醒了我……你走吧，赫妮，而且我警告你，小心你的言行。我可不希望这屋子里再有人死掉。希望你谨记。"

4

一切都那么令人恐惧……

雷妮森发现，在湖边商议时，她总是不自觉地将这句话挂在嘴边。而现在她才终于意识到其中蕴含的真实。

她机械地走向聚在小亭子旁的凯特和孩子们，却发现自己的步伐越发迟缓，甚至不由自主地停了下来。

她发现，她害怕见到凯特。害怕看到她那张平庸、沉着的脸，害怕看到的会是一张下毒凶手的脸。她望着赫妮匆匆走出来到门廊上，然后又走进去，发现自己对赫妮的厌恶竟比以往更甚。无奈之下她只得转向院子门口，过了一会儿，遇见了昂首阔步走来的伊彼，他傲慢的脸上洋溢着轻松的微笑。

雷妮森发现自己正盯着他看。伊彼，这个被宠坏了的孩子。她记得，她跟凯伊离开时，伊彼还是个英俊、任性的小男孩……

"怎么了，雷妮森？你为什么这样奇怪地看着我？"

"是吗？"

伊彼笑出声来。

"你看起来就跟赫妮一样傻乎乎的。"

雷妮森摇了摇头。

"赫妮并不傻,她非常狡猾。"

"她满怀恶意,这我知道。事实上,她简直就是家里的大麻烦。我肯定会把她弄走的。"

雷妮森双唇开启又闭上,她小声地念叨着:"弄走?"

"我的好姐姐,你到底是怎么啦?难道你也像那个可怜的傻小孩儿一样见了鬼了?"

"你以为每个人都傻!"

"那个小鬼确实是傻。哦,不错,我是受不了傻瓜。我见的傻瓜太多了。我可以告诉你,受两个慢吞吞、目光短浅的哥哥折磨可不是什么好玩的事!如今他们不再挡我的道了,只有父亲需要我对付,很快你就会看出不同了。父亲会按照我说的去做。"

雷妮森抬起头看他。他看起来异乎寻常的英俊、傲慢。他那种莫名的活力和得意扬扬的气势也有些不同于以往。似乎是他内心认定的某种东西给了他这种力量。

雷妮森尖锐地指出:"我哥哥并没有像你说的那样'两个都没法挡你的道'了。亚莫斯还活着。"

伊彼用轻蔑、嘲讽的目光看着她。

"我想你大概以为他会好起来吧?"

"为什么不会?"

伊彼大笑起来。

"为什么不会?好吧,简单来说,我只是不同意你的看法。亚莫斯已经完了,没希望了。他或许还能稍微挣扎一下,坐在太阳下呻吟,但他再也不是个男人了。他的确从毒药的初期症状中恢复了,但是你也能看到,除此之外他的情况没有任何好转。"

"但他还可以继续恢复啊!"雷妮森说道,"医师说只要再过一段时间,他就会再度强壮起来。"

伊彼耸了耸肩。

"医师并不是无所不知的。他们讲话总爱用一堆专业术语，好像很聪明的样子。要怪就怪那邪恶的诺芙瑞吧。但是亚莫斯，你亲爱的哥哥亚莫斯，是命中注定要终结了。"

"那么你自己不害怕吗？伊彼？"

"我？害怕？"男孩把英俊的头向后一仰，大笑起来。

"诺芙瑞并不是很喜欢你，伊彼。"

"没有什么能伤害到我，雷妮森，除非我自愿！我还年轻，而且我是那种生来就注定要成功的人。至于你，雷妮森，你站在我这边才是明智之举，听见了吗？你总把我当成不负责任的小男孩，但如今我早已不是那样。接下来的每个月都会有所不同。很快，这个地方便会由我来主宰。也许父亲会下令，但是他口中下达的命令，却是在我脑中成型的！"

他走了两步，停下来，回过头说："所以你可要小心，雷妮森，不要让我对你不满。"

当雷妮森站在那里盯着他的背影看时，听到了身后的脚步声，她转身，发现凯特就站在旁边。

"伊彼说什么呢，雷妮森？"

雷妮森缓缓说道："他说他很快便会成为这里的主人。"

"是吗？"凯特说，"我可不这么想。"

5

伊彼轻快地跑上门廊的台阶，走进屋里。

他看到亚莫斯正躺在长椅上，这似乎让他很高兴，于是他愉快地说："哦，怎么样了，哥哥？你怎么都不回田里工作？我不明白,为什么没有了你一切都还能正常运转!"

亚莫斯用虚弱的声音焦躁地说道:"我一点也不明白。毒性已经消失了,为什么我没有恢复力气?今天早上我试着走路,两腿都支撑不住。我感到虚弱……虚弱……更糟的是,我好像感到一天比一天虚弱。"

伊彼看似同情地摇了摇头。

"这确实太糟了。医师帮不上忙吗?"

"莫苏的助手天天都来。他不懂我怎么会这样。我服用强劲的解毒药,咒文天天都念。厨房里每天也都为我准备特别滋补的食物。所以医师向我保证,我很快就能强壮起来。然而,我感觉自己正在一天天衰弱下去。"

"这太糟糕了。"伊彼说。

说完他轻声哼着歌继续往前走,直到看见父亲和霍里,他们正在商谈一份账目。

伊姆霍特普焦虑、愁苦的脸一看到他最喜爱的小儿子马上就亮了起来。"我的伊彼来了。你有什么要向我报告的?"

"一切都很好,父亲。我们正在收割大麦。收成很好。"

"嗯,感谢太阳神,外面一切都很好。要是这里也一样就好了。我必须对亚莎伊特有信心,她不会在我们危难的时刻拒绝提供帮助的。我很担心亚莫斯,我不懂他为何这么疲惫,这么莫名其妙地虚弱。"

伊彼轻蔑地笑了一下。

"亚莫斯一向很虚弱。"他说。

"并非如此,"霍里温和地说,"他的健康状况一向很好。"

伊彼独断地说:"人的健康依赖的是精神。亚莫斯一向没有精神,他甚至害怕下命令。"

"最近倒并非如此。"伊姆霍特普说,"亚莫斯在过去的几个月里表现得充满权威。我感到很吃惊。但是这种肢体上的软弱令我担忧。莫苏向我保证过,一旦毒性消失,他很快就会康复。"

霍里把草纸放到一边。

"有一些其他的毒药。"他平静地说。

"你什么意思?"伊姆霍特普猛地转身问道。

霍里用温和、深思熟虑的声音说:"据说,有些毒药药性不猛,不会马上生效。这种毒是潜移默化的。每天摄入一点,在体内积累。要经过几个月的虚弱之后,死亡才会到来……许多女人都知道有这种毒药,她们有时会用这种毒来除掉丈夫,让人看起来好像是自然死亡。"

伊姆霍特普脸色发白。

"你是在暗示说……亚莫斯的毛病就……就出在这里?"

"我是说有这种可能。尽管他的食物都由一个奴隶事先尝过,但这种预防措施没有任何意义,因为每天饭菜上毒药的剂量并不会造成什么明显的效果。"

"荒唐,"伊彼大声叫了起来,"真是荒唐!我不相信有这种毒药。我从没听说过。"

霍里抬起头来看着他。

"你还非常年轻,伊彼。有些事你还不知道。"

伊姆霍特普大声说:"可是我们能怎么办?我们已经向亚莎伊特求助了,也把供品献给了庙里——并不是说我对神庙有多大的信心,女人家才相信这些,可我们还能做些什么?"

霍里若有所思地说:"把亚莫斯的食物交由一个可以信任的奴隶去准备,并随时监视这个奴隶。"

"可是这就意味着……在这屋子里……"

"胡说，"伊彼大吼道，"简直一派胡言。"

霍里扬起双眉。

"试试看吧，"他说，"我们很快就会知道这到底是不是胡说了。"

伊彼愤怒地走出房间。霍里皱着眉，若有所思地凝视着他的背影。

6

伊彼气冲冲地走出去，差点儿把赫妮撞倒在地。

"不要挡我的路，赫妮。你总是鬼鬼祟祟、碍手碍脚的。"

"你真是粗鲁，伊彼。你把我的胳膊撞伤了。"

"那才好。我早就厌倦了你还有你那副装可怜的样子。你越早离开这屋子越好，而且我会亲眼看着你离开。"

赫妮眼中闪过一丝怨怼。

"这么说你要把我赶出这个家，是吗？在我把我的爱和关心全都给了你们以后？我对这个家一直忠心奉献，你父亲对这一点最清楚不过了。"

"他早就听够了，我保证！我们也是！在我看来，你只不过是个不安好心的恶嘴婆。我可知道，你帮诺芙瑞实施了她的阴谋。后来她死了，你就又跑过来巴结我们。但是你要明白，到头来父亲会听我的，而不是你的那些鬼话。"

"你怎么这么生气，伊彼。是什么让你这么生气？"

"跟你没关系。"

"你不是在害怕什么吧，伊彼？这里发生了很多稀奇古怪的事。"

"你吓不到我,你这老太婆。"

他甩手冲过她的身旁,跑了出去。

赫妮慢慢转身走进屋里,亚莫斯的一声呻吟吸引了她的注意。他已经从长椅上站了起来,现在正试着走路。但是他的双腿几乎立刻就支撑不住了,要不是赫妮及时扶住他,他早就跌在地上了。

"小心,亚莫斯,小心。快躺回去。"

"你真健壮啊,赫妮。你看起来并不像这么有力气的人。"他重新躺回长椅,把头靠在枕上,"谢谢你。我这是怎么了?为什么我觉得我的肌肉就像一摊烂泥?"

"是这屋子中邪了。一个来自北地的女恶鬼干的好事,北地那边来的没一个是好东西。"

亚莫斯突然消沉沮丧地喃喃说道:"我快死了。是的,我快死了……"

"其他人会比你先死。"赫妮阴沉沉地说。

"什么?你这是什么意思?"他用手肘撑起身体,注视着她。

"我知道我在说什么。"赫妮点了点头,"接下来死的人不会是你。等着瞧吧。"

7

"为什么避开我,雷妮森?"

卡梅尼直接挡住了雷妮森的路,她的脸涨红起来。她发现此刻很难找出适当的话来回答。不错,她的确是在看到卡梅尼走过来时故意转向一旁去的。

"为什么,雷妮森,告诉我为什么?"

然而她不知该如何作答，只能默默地摇了摇头。

然后她抬起头，看着站在对面的卡梅尼。她原本有点害怕卡梅尼也会变得不同，看到他还如往常一样时，她莫名地有些开心。他的双眼正庄重地注视着她，唇上第一次没有挂着微笑。

她在他的注视之下低下头去，卡梅尼总是能让她不安。他的靠近让她的身体颤抖。此刻，她的心跳开始加快。

"我知道你为什么避开我，雷妮森。"

她终于找回了自己的声音。

"我……并没有避开你。我没有看见你过来。"

"你在说谎。"他现在微笑起来了，她可以从他的声音里听出来。

"雷妮森，漂亮的雷妮森。"

她感到他温暖、强壮的手握住了她的手臂，她立即挣脱开来。

"不要碰我！我不喜欢别人碰我。"

"你为什么要拒绝我呢，雷妮森？你知道我们对彼此的感受。你年轻、健康、美丽。你再继续这样用一辈子为一个丈夫的离去而悲伤是违背自然的。我要带你离开这里，这个充满了邪恶和死亡的地方。你跟我离开这里就安全了。"

"假如我不想跟你走呢？"雷妮森反抗道。

卡梅尼笑了起来，露出洁白坚硬的牙齿。

"但你确实想跟我走，只是不愿承认而已！生活是美好的，雷妮森，尤其是和自己的爱人在一起的时候。我会爱你，让你幸福，你将是我万丈的土地，而我会是你的主人。然后，我不会再对普塔神唱：'今晚把我的情人给我'，但是我会去跟伊姆霍特普说：'把我的情人雷妮森给我。'不过我认为你在这里不安全，所以我会把你带走。我是个好书记员，如果我愿意，我可以去底比斯的达官贵人家做事，尽管实际上我喜欢这里的田园生活——农田、牛群以及人们收割时唱的歌，还有在尼罗河上泛舟的小小愉悦。我想跟你一起在尼罗河上扬帆，雷妮森。我们带泰蒂一起去。她是个美丽健康的小孩，我会爱她，做她的好父亲。雷妮森，你觉得怎么样？"

雷妮森默默地站着。她感到心跳加速，一阵忧伤悄悄掠过心头。然而在这种柔和、温顺的感觉之中，还有一丝其他的什么……一种排斥感。

他的手一碰到我的手臂我就感到全身虚软……她心里想着，因为他的力量……他健壮的肩膀……他带笑的脸庞……但是我对他的心思一无所知。我们之间没有安宁，没有甜蜜……我想要什么？我不知道……不过，不是这个人……不，不是他……

她听到自己在说话，甚至在她自己的耳朵里听起来也是那么的软弱无力。"我不想再要一个丈夫……我想要单独一个人……做我自己……

"不，雷妮森，你错了。你并不想独自生活。你的手在我的手里颤抖，这已经说明了一切……你看。"

雷妮森用力抽回了自己的手。

"我不爱你，卡梅尼，我想我恨你。"

他笑着。

"我不介意你恨我，雷妮森。你的恨非常接近爱。我们会再谈这件事的。"

他离开她，以羚羊般轻快、安逸的步伐离去。雷妮森缓慢地走向正在湖边玩耍的凯特和孩子们。

凯特在和雷妮森说话，但雷妮森心不在焉。

然而凯特好像并没有注意到，如同往常一般，她的心思太专注于孩子身上，对其他事情都不太在意。

突然，雷妮森打破了短暂的沉默，说："我该不该再找个丈夫？你觉得怎么样，凯特？"

凯特没什么兴趣，平静地回答说："也好。你还年轻、健康，雷妮森，你可以多生几个孩子。"

"这就是女人生活的全部吗，凯特？在后院里忙碌，生孩子，下午跟他们在湖边的果树下消磨时间？"

"这才是女人生活中最重要的事，你不可能不知道。不要说得好像你是个奴隶一样。女人在埃及拥有权利——继承权从她们身上传给她们的孩子。女人是埃及的血脉。"

雷妮森若有所思地看向忙着给玩偶做花环的泰蒂。泰蒂微皱着眉头，专心地做着。有段时期，曾有一段时间，泰蒂看起来是那么像凯伊，下唇噘起，头微微倾向一边，让雷妮森心里溢满爱和痛楚。但是如今，凯伊的面貌不仅在雷妮森的记忆中消退了，泰蒂也不再噘起下唇，歪着脑袋。曾经也有过一些时刻，当雷妮森紧拥着泰蒂的时候，她感到这孩子是她的一部分，是她自己活生生的肉体，给她一种强烈的拥有感。"她是我的，完全属于我。"她曾对自己说过。

现在，望着她，雷妮森心想：她是我……她是凯伊……

这时，泰蒂抬起头来，看着她母亲，微笑着。一种庄重而友善的微笑，带着信心和愉悦。

雷妮森心想：不，她不是我，她也不是凯伊。她是她自己。她是泰蒂。她是孤独的，正如我也是孤独的一样，我们都是孤独的。如果我们之间一直有爱，那么我们会是朋友，一辈子的朋友。但是如果没有爱，她会长大成人，而我们将是陌生人。她是泰蒂，而我是雷妮森。

凯特正奇怪地看着她。

"你在想什么,雷妮森?我不明白。"

雷妮森没有回答。她自己都不了解的东西,又该如何跟凯特说呢?她看看四周,又看看院子的围墙,看看门廊上鲜艳的色彩,看看平静的湖水和这让人感到愉快的小阁楼、整洁的花床,以及一丛丛的纸草。一切都是安全、封闭的,没有什么好怕的,环绕在她四周的是熟悉的、细小的生活的声音,孩子们喋喋不休的嬉闹声,屋里妇女们刺耳的吵嚷声,和远处低沉的牛叫声。

她缓缓地说道:"从这里看不见尼罗河。"

凯特一脸惊讶。

"为什么会想看它?"

雷妮森缓缓说道:"我很笨。我不知道。"

在她眼前,她非常清楚地看到一片绵延茂盛的绿地,再往远处看,是一片向地平线方向逐渐淡去的浅玫瑰色和紫色,而分割这两种色彩的是那浅蓝色的、泛着波光的尼罗河……

她屏住呼吸。因为在她感到四周的景象和声响退去之后,取而代之的是一种静谧、丰饶,一种无限的满足感……

她告诉自己:"如果我回头,我会看到霍里。他会抬起头来,对我微笑……不久太阳就会下山,夜幕降临,然后我将入睡……那便是死亡。"

"你说什么,雷妮森?"

雷妮森吓了一跳,她不知道自己竟把心中的话说了出来。她从幻想中回到了现实。凯特正用好奇的目光看着她。

"你说'死亡',雷妮森。你在想些什么?"

雷妮森摇了摇头。"我不知道。我的意思并不是……"她再度看看四周。多么让人愉快,这番景色,水波荡漾,孩子们正在玩耍,她深吸了一口气。

"这里是多么的平静。让人无法想象任何……可怕的事……会在这里发生。"

然而第二天早上,就在这湖边,他们发现了伊彼。他四肢摊开,趴在地上,脸浸在拍打着的湖水里,有人把他的头按进水里淹死了。

第十六章
第二个月 第十天

1

伊姆霍特普独自蜷缩在一旁,他看起来更老了。一个伤心、畏缩的小老头,他的脸上布满了惶惑和不解,令人不禁心生同情。

赫妮把食物端过来劝他吃一点。

"吃吧,吃吧,伊姆霍特普,你必须保持体力。"

"我为什么要吃?什么体力?伊彼那么强壮。年轻、英俊而强壮,而如今他躺在盐水里……我的儿子,我最喜爱的儿子,我最后的一个儿子。"

"不,不,伊姆霍特普。你还有亚莫斯,你的好亚莫斯。"

"还能拥有多久?不,他也完了,我们都完了。我们到底是中了什么邪?我怎么知道娶个妾进门会发生这种事?纳妾是人人接受的事,正确又合乎人神律法,我尊重她。那么,为什么这些事要发生在我身上?还是亚莎伊特在报复我?是不是她不原谅我?她确实没有答复我的恳求,邪恶仍在蔓延。"

"不,不,伊姆霍特普,你可不能这样说。铭钵才刚刚被供奉上,你难道不知道这世上涉及法律和正义的事要花多少时间吗？省长庭上审理的案件一拖再拖，到大臣手里就更久了。不管在此世还是彼岸，正义终归是正义，不管事情进展得多么缓慢，到头来正义还是会得以伸张的。"

伊姆霍特普怀疑地摇了摇头。赫妮接着说："再说了，伊姆霍特普，你必须记住，伊彼不是亚莎伊特生的儿子，他是你的情妇安卡生的。那么，为什么亚莎伊特要为他疲于奔命呢？但是亚莫斯就不同了，亚莫斯会康复的。因为亚莎伊特会想办法让他康复的。"

"我得承认，赫妮，你的话让我感到欣慰……你说得很有道理。不错，亚莫斯现在是一天天恢复了力气。他是个忠实的好儿子。可是，唉！我的伊彼，他这么有活力，这么英俊！"伊姆霍特普再度叹息起来。

"唉！"赫妮也同情地哀叹起来。

"那个和她的美貌一样可憎的女孩！要是我从没看到过她就好了。"

"的确，亲爱的主人。她一定懂得法术巫咒，真是魔鬼的女儿。"

一阵拐杖敲击地面的声音传来，伊莎一瘸一拐地走进大厅，她嘲笑地哼了一声。

"这屋子里难道没有一个明理的人了吗？难道你除了在这儿诅咒那个可怜的被你看上的女孩，那个因为你愚蠢妻子生出的愚蠢儿子的愚蠢行径，而心生小小怨恨的女孩外，没有别的更好的事可做了吗？"

"小小怨恨。你说这是小小的怨恨，伊莎？我三个儿子，两个死了，一个濒临死亡的边缘。哦！我母亲竟然还对我说这种话！"

"既然你无法认清事实,就必须有人站出来说这些话,扫除你脑子里可笑的迷信——什么女孩的鬼魂在作祟!明明是个活生生的人动手把伊彼淹死在湖里的,在亚莫斯和索贝克的酒里下毒的也是个活生生的人。你有个仇人,伊姆霍特普,一个生活在这间屋子里的仇人。自从接受了霍里的忠告,由雷妮森亲手准备亚莫斯的食物,或是由她监视奴隶准备,并由她亲自送去给亚莫斯之后,他就一天天恢复了力气,健康了不少,这就是证明。不要再傻了,伊姆霍特普,也别再捶胸顿足,唉声叹气。这方面赫妮倒是极有帮助。"

"哦,伊莎,你真是错怪我了!"

"我必须得说,赫妮帮助你,要么因为她也是个傻瓜,要么就是别有用心……"

"愿太阳神宽恕你,伊莎,原谅你对一个孤苦伶仃的女人这样不仁慈!"

伊莎用力地摇晃了几下拐杖,继续说下去。

"振作起来,伊姆霍特普,动动你的脑子。你的妻子亚莎伊特是个可爱的人,也并不傻,她或许能为你在另一个世界发挥影响力,但你不可能指望她替你在这个世界思考!我们必须采取行动了,伊姆霍特普,因为如果我们不这样做,就还会有死亡降临。"

"一个活生生的仇人?在这屋子里的仇人?你真的这么想,伊莎?"

"我当然这么想,因为这是唯一合理的解释。"

"可是这么一来我们全都有危险了?"

"当然!不是被符咒、鬼魂,而是被活生生的人威胁。一个在酒食中下毒的、活生生的人;一个在他深夜从村子里回来时,偷偷溜到他背后把他的头压入湖水里淹死的人!"

伊姆霍特普若有所思地说:"那需要力气。"

"表面上看来,是的。不过我倒不完全肯定。伊彼在村子里喝了很多啤酒,他当时情绪高昂,锋芒毕露,回家时可能已经醉得走不稳路了,对接近他的人毫无戒心。他低头靠进湖水想洗把脸清醒清醒,这么一来,就不需要多少力气了。"

"你想说明什么,伊莎?是个女人干的?但这不可能,这整件事情都不可能!这屋子里不可能有仇人。要是有,我们会知道,我会知道的!"

"有种藏在内心的邪恶,表面上是看不出来的,伊姆霍特普。"

"你的意思是说,我们的一个仆人,或是奴隶……"

"不是仆人,也不是奴隶,伊姆霍特普。"

"我们自家人中的一个?或者……你指的是霍里和卡梅尼?可霍里也是自家人,事实证明他一向忠实可靠。而卡梅尼……不错,他是个陌生人,可他也是我们的血亲之一,而且事实也证明他是忠心为我办事。再说,他今天早上才来找我,要我答应他和雷妮森结婚。"

"哦,是吗?"伊莎显得很感兴趣,"那么你怎么说?"

"我能怎么说?"伊姆霍特普焦躁地说,"这是说婚事的时候吗?我是这么和他说的。"

"那么他怎么说?"

"他说在他看来,这正是谈婚事的时候,他说雷妮森在这里不安全。"

"我怀疑,"伊莎说,"我非常怀疑……她真的不安全吗?我以为她是安全的,霍里也这样认为。但是现在……"

伊姆霍特普继续说下去。

"婚礼能跟丧礼一起举行吗？这可不成体统，整个县城里的人都会议论纷纷的。"

"这不是考虑礼俗的时候。"伊莎说，"尤其是在葬仪社的人好像永远都跟我们分不开的时候，他们一定乐坏了，一定赚了不少钱。"

"他们把收费又提高了十分之一！"伊姆霍特普暂时岔开了话题，"可恶！他们说工钱涨了。"

"像我们这种大客户，他们应该给折扣才对！"伊莎为她的这句笑话冷酷地微笑了一下。

"我亲爱的母亲，"伊姆霍特普一脸惊恐地看着她，"这可不是个玩笑。"

"生活就是个玩笑，伊姆霍特普，而死神是最后一个发笑的人。难道你没在宴会上听说过吗？'吃吧，喝吧，纵情享受吧，因为明天你就要死了。'这句话用在我们身上倒是非常贴切，问题只不过是明天死亡会降临在谁的头上。"

"你说的真可怕——可怕！那我们能做些什么？"

"不要相信任何人。"伊莎说，"这是最首要，也是最重要的事。"她重复强调着，"不要信任任何人。"

赫妮开始呜咽起来。

"为什么你要看着我？我敢说如果还有什么人值得信任的话，那就是我。我这些年来已经证明了这一点，不要听她的，伊姆霍特普。"

"好了，好了，我的好赫妮。我当然信任你，我非常了解你的忠心。"

"你什么都不了解。"伊莎说，"我们全都一无所知，这就是我们面临的最大的危险。"

"你在指控我。"赫妮哭诉道。

"我无法指控,我不知道,也没有证据。只有怀疑而已。"

伊姆霍特普猛地抬起头来。

"你怀疑——谁?"

伊莎缓缓说道:"我有过一次、两次、三次怀疑。我老实说出来好了。我首先怀疑过伊彼,但是伊彼死了,所以这个怀疑是不正确的。然后,我怀疑了另外一个人……然而,在伊彼死的那一天,第三个怀疑涌现在了我的脑海里……"

她停顿了一下。

"霍里和卡梅尼在屋子里吗?派人去把他们叫到这里来——对了,把雷妮森也从厨房里找来。还有凯特和亚莫斯,我有话要说,全屋的人都该听一听。"

2

伊莎环视聚集在一起的众人,她看到了亚莫斯庄重柔顺的目光,卡梅尼挂在脸上的微笑,雷妮森惊慌、探询的眼神,凯特沉着的目光,霍里深沉而平静的注视,伊姆霍特普扭曲、焦躁、惊恐的神色,还有赫妮那热切、好奇,还有……没错……兴奋的神情。

她心想:他们的脸没有告诉我什么,他们只显露出了外在的情感。然而,如果我想得没错的话,那么他们中一定有一个是叛徒。

她大声地说:"我有话要跟你们说。不过首先,我只跟赫妮说。在这里,当着大家的面。"

忽然间,赫妮脸上的那种热切和兴奋荡然无存。她看上去非常恐惧,她用刺耳的声音抗议道:"你怀疑我,伊莎。我就知道!你会指控我,而我,一个没有多少智慧的可怜女人,又怎么能保护自己呢?没人会听我解释,然后我就会被定罪。"

"不会没有人听的。"伊莎嘲讽地说,同时看到霍里微微一笑。

赫妮继续说话,她的声音变得越来越歇斯底里。

"我没做任何事……我是无辜的……伊姆霍特普,我最亲爱的主人,救救我……"她猛地跪了下来,抱住他的双膝。

伊姆霍特普拍拍赫妮的头,愤慨地说:"真是的,伊莎,我抗议!这真有失体统——"

伊莎打断他的话。

"我还没有指控任何人呢,没有证据我是不会指控的。我只是想让赫妮在这里向我们解释一下她说过的某些话。"

"我什么也没说……什么都没说……"

"哦,不,你说过。"伊莎说,"我亲耳听到的。尽管我的视力模糊不清,但耳朵依然很灵光。你说你知道霍里的一些事,告诉我们,你知道霍里的什么?"

"对,赫妮。"霍里说,"你知道我的什么事?说来给我们听听吧。"

赫妮一屁股坐下去,擦着眼泪,看起来既阴沉又不服气。

"我什么都不知道,"她说,"我能知道些什么?"

"那正是我们在等你告诉我们的。"霍里说。

赫妮耸了耸肩。

"我只是随便说说而已,没什么意思。"

伊莎说:"我把你说过的话重复给你听:你说我们全都看不起你,但是你知道这屋子里的很多事情。你说,你看到的比很多聪明人看到的都多。

"然后你说,每当霍里遇见你时,他看你的样子就像在看空气,好像他在透过你看你身后的某样东西,某样不在此处的东西。"

"他一向都是那样,"赫妮阴郁地说,"他看我的样子,就好像我是昆虫一样,好像我是什么微不足道的东西。"

伊莎缓缓说道:"那句话一直留在我脑海里。'身后的某样东西,某样不在此处的东西。'赫妮说:'他应该看着我。'然后她继续说到了莎蒂彼。是的,说到了莎蒂彼……说莎蒂彼是多么的聪明,但是如今莎蒂彼又在哪儿呢?"

伊莎环顾四周。

"这些话对你们难道都毫无意义吗?想想莎蒂彼,已经死掉的莎蒂彼……同时记住应该好好看着一个人,而不是看着某些不在那里的东西……"

一阵死寂般的沉默笼罩了众人,然后赫妮尖叫起来。一声高亢、无力的尖叫,恐惧的尖叫,她语无伦次地大喊道:"我没有……救救我……主人,不要让她……我什么都没说……什么都没说。"

伊姆霍特普积压的怒气爆发了出来。

"这是不可饶恕的,"他怒吼道,"我不会让这可怜的妇人被指控,她都吓坏了。你有什么对她不利的证据?单凭你说的那些话,什么也证明不了。"

亚莫斯一反往常的胆怯,插话道:"我父亲说得对,如果您有确切指控赫妮的证据,就拿出来吧。"

"我没有指控她。"伊莎缓缓说道。

她靠在拐杖上,身子好像缩了水一样,语调缓慢而沉重。

亚莫斯权威十足地转身面向赫妮。

"伊莎并不是在指控你引发了这些可怕又邪恶的事情,不过如果我没听错的话,她认为你隐藏了什么事没说。所以,赫妮,如果你知道什么,关于霍里或是其他人的,现在就是说出来的时候。就在这里,当着大家的面。说,你知道些什么?"

赫妮摇了摇头。

"什么都不知道。"

"你要对你说的话有把握,赫妮。知道的事情太多可是很危险的。"

"我什么也不知道,我发誓,我对九柱之神发誓,对玛特女神,还有太阳神发誓。"

赫妮在发抖,她的声音不再是往常那样楚楚可怜的哭诉,而是听起来充满了畏惧和真诚。

伊莎深深叹了一口气,她的身体向前一倾,喃喃说道:"扶我回房间去。"

霍里和雷妮森很快迎向她。

伊莎说:"你不用,雷妮森,我要霍里扶我去。"

她靠着霍里,走向自己的房间。她抬起头来,看到霍里板着脸、闷闷不乐。

她喃喃说道:"怎么样,霍里?"

"这不明智,伊莎,这样非常不明智。"

"我必须要知道。"

"是的。但是你冒了很大的险。"

"我明白。这么说,你的想法也一样?"

"我已经怀疑很久了,但是没有证据,没有丝毫证据。甚至现在,伊莎,你也没有证据,一切都只是在你的脑海里而已。"

"我知道就足够了。"

"或许太多了。"

"你是什么意思?哦,是的,当然。"

"保护自己,伊莎。从现在开始,你有危险了。"

"我们必须试着尽快采取行动。"

"是的。但是我们能怎么做呢?一定要有证据。"

"我知道。"

他们不再继续说下去。伊莎的小女仆朝她的女主人跑过来,霍里把她交给那个女孩去照顾,然后转身离去。他的表情严肃而困惑。

小女仆在伊莎身旁喋喋不休,但是伊莎几乎没注意到她说话的内容。她感到自己衰老、虚弱,而且浑身发冷……刚才她说话时那一张张倾听的脸再次浮现在眼前。

只是一个表情……转瞬即逝的恐惧和了然……难道是她看错了吗?她能这么确定她所看见的吗?毕竟,她的视力模糊……

是的,她确定。那其实也算不上什么表情,而是身体突然紧绷、僵硬、发直。她散漫无心的话语对一个人,只对一个人有意义。错不了,那就是致命的真相……

第十七章
第二个月 第十五天

1

"现在事情就摆在你眼前,雷妮森,你怎么说?"

雷妮森怀疑地看着她的父亲,又把目光转向亚莫斯。她感到迷惑、迟钝。

"我不知道。"这句话从她唇间滑了出来。

"在正常的情况下,"伊姆霍特普继续说,"我们会有足够的时间商讨。我有其他的亲戚,我们可以精挑细选,直到选中一个最适合当你丈夫的为止。但世事无常,是的,世事无常。"

他的声音颤摇起来,继续说道:"现在我们面临的情况就是这样,雷妮森。现在我们三个都面临死亡的威胁:你、我,还有亚莫斯。下次死神将对我们中的哪一个伸出魔爪?因此我有必要把事情料理妥当。如果亚莫斯出了什么事,你,我唯一的女儿,将需要有个男人站在身旁,与你共享继承权,并同时执行我财产所附带的义务,这项义务是不能由女人来执行的。因为谁晓得我什么时候会离你而去?关于索贝克孩子的监护托养问题,我已经在遗嘱里安排好了,如果亚莫斯不在人间,将由霍里来执行。还有亚莫斯孩子的监护权也一样。因为这是他的意愿,是吧,亚莫斯?"

亚莫斯点了点头。

"霍里一向跟我非常亲近,他就像我的家人一样。"

"不错,不错。"伊姆霍特普说,"不过事实上他仍然并不是这个家的成员之一。但卡梅尼是。因此,权衡再三后,我觉得他是目前能找到的最适合当雷妮森丈夫的人。所以,你怎么说,雷妮森?"

"不知道。"雷妮森重复道。

她感到极为疲倦。

"他人长得英俊、健壮,这你同意吧?"

"哦,是的。"

"可是你不想嫁给他?"亚莫斯柔声问道。

雷妮森感激地看了哥哥一眼。他坚持让她不要被逼迫做出不想做的事情。

"我真的不知道我想做什么。"她急促地说,"我知道这样说很愚蠢,但是我今天真的很愚蠢。也许是因为……因为这些天来紧张的氛围。"

"有卡梅尼在你身旁,你就会感到安全的。"伊姆霍特普说。

亚莫斯问他的父亲:"您有没有考虑过霍里作为雷妮森丈夫的人选?"

"这……是的,这也是一种可能……"

"他妻子在他还是个小伙子时就去世了。雷妮森很了解他,而且也喜欢他。"

雷妮森呆呆地坐在那里。两个男人仍在继续交谈。他们正在商谈她的婚姻,亚莫斯企图帮她选择她想要的,但是她感觉自己就像泰蒂的木偶一样毫无生气。

随后，她突然开口，甚至没有听到他们正在说些什么就打断了谈话。"既然你认为是件好事，我愿意嫁给卡梅尼。"

伊姆霍特普满意地叫了一声，急匆匆地走出大厅。亚莫斯走向他妹妹，一手放在她的肩上。

"你想要这样的婚姻吗，雷妮森？你会快乐吗？"

"为什么我不会快乐？卡梅尼英俊、快乐，而且人很好。"

"我知道，"亚莫斯仍显得有些怀疑和不满，"但你的幸福才是最重要的，雷妮森。你不应该让父亲催促你匆忙做出不想做的事。你知道他是怎样的。"

"哦，是的，是的，一旦他想到什么，我们就都得听他的。"

"并不是必须那样。"亚莫斯坚决地说，"这次我不会听他的，除非你自己愿意。"

"哦，亚莫斯，你从没站出来跟父亲对抗过。"

"但是这件事我要站出来。他无法强迫我同意，而且我也不会这样做。"

雷妮森抬起头看他。他往常犹豫不决的脸色现在是那么的坚决、果断。

"你对我真好，亚莫斯。"她感激地说，"但我不是迫于无奈才屈服的。我回来时，想要的昔日生活已经消失无踪了。卡梅尼和我将一起创造新的生活，我们会像其他生活美满的夫妻一样，过该过的生活。"

"如果你确定……"

"我确定。"雷妮森说，同时深情地对他微笑，然后走出大厅，来到门廊上。

她从那里越过庭院。卡梅尼正跟泰蒂在湖边玩耍。雷妮森静静地走近，望着他们，他们并不知道她的到来。如同往常一般快乐的卡梅尼,玩得跟孩子一样开心。雷妮森心里一暖。她想:他会成为泰蒂的好父亲。

后来卡梅尼转过头来看到了她,他笑着站直了身子。

"我们让泰蒂的玩偶当了祭司,"他说,"它正在主持坟墓的祭典,献上供品呢。"

"他的名字是梅瑞普塔,"泰蒂一本正经地说,"他有两个孩子和一个像霍里一样的书记员。"

卡梅尼笑出声来。"泰蒂非常聪明,"他说,"而且健康、美丽。"

他的目光从孩子身上移到雷妮森身上,雷妮森从他爱抚的目光中看出了他的心中所想——有一天她会为他生个孩子。

这让她有点激动,却同时伴随着后悔的刺痛。她真希望这时在他眼中看到的只有她自己。她想:为什么他不能只看到雷妮森呢?

然后这种感觉转瞬即逝,她温柔地对他微笑。

"我父亲跟我说过了。"她说。

"而你同意了?"

她犹豫了一会儿,回答说:"我同意了。"

决定性的话语已经说出了口,这就是结局。一切已成定局。她真希望自己并不是这么疲惫、麻木。

"雷妮森?"

"怎么了,卡梅尼?"

"你愿不愿意跟我一起去尼罗河上泛舟?我一直想跟你一起泛舟。"

他竟会这样说,真奇怪。她第一次见到他的时候,心里想的就是一艘直角帆船、尼罗河,还有凯伊的笑脸。而如今她已经忘记凯伊的模样了,取而代之的是卡梅尼的脸,他坐在尼罗河上的帆船里,对着她的眼睛笑。

这就是死亡。这就是死亡对你造成的后果。"我能感觉到这个,"你对自己说,"我能感觉到那个。"但你只是说说而已,其实你什么感觉都没有。死了就是死了,没有什么可以作为回忆的东西……

是的,可是还有泰蒂。还有生命的轮回。就像河水泛滥,把旧的卷走,为新事物备好土壤。

凯特说过:"这屋子里的女人必须团结一致。"那她算什么?毕竟,她也不过是屋子里的女人之一。是雷妮森还是其他的人,又有什么关系呢……

然后,她听见了卡梅尼有些急切和不安的声音。

"你在想什么,雷妮森?有时你好像离我很远……你愿意跟我一起泛舟尼罗河上吗?"

"是的,卡梅尼,我愿意跟你去。"

"我们带泰蒂一起去。"

2

这就像是一场梦,雷妮森心想。帆船、卡梅尼、她自己,还有泰蒂。他们逃离了死亡以及死亡所带来的恐惧。这是崭新生活的开始。

卡梅尼说着话,她恍惚地应和着……

这就是我的生活,她心想,无可逃避……

然后,她又困扰起来:但是我为什么要对自己说"逃避"?我能逃到什么地方去呢?

然后她眼前再度浮现出了墓穴旁的小石室，她手托着下巴，蜷着双膝坐在那里……

她想：但那不是真正的生活。这才是生活。无处可逃，直到死亡……

卡梅尼把船泊好，她走上岸去。他把泰蒂也抱上岸。小家伙紧紧地搂住他，环在他脖子上的小手把他护身符的线弄断了。护身符掉到了雷妮森的脚边，她俯身捡了起来。是金子做的安可神像。

她懊恼地低叫了一声。"弄弯了。对不起。小心——"卡梅尼从她手中接过去，"可能要断掉了。"

然而他用强有力的手指故意把它折得更弯，直至掰成了两半。

"天哪，你干了什么？"

"拿一半去，雷妮森，我拿另一半。这是我们之间的信物。我们是一个整体的两半。"

他递给她，就在她伸手去接时，有什么想法在她的脑子里闪过，她突然倒吸了一口气。

"怎么了，雷妮森？"

"诺芙瑞。"

"什么意思……诺芙瑞？"

雷妮森快速而笃定地说："诺芙瑞珠宝盒里那个破裂的护身符，是你给她的……你和诺芙瑞……现在我全明白了。为什么她那么不快乐。我也知道是谁把那珠宝盒放到我房里的了。我全知道了……不要对我撒谎，卡梅尼。我告诉你，我都知道了。"

卡梅尼没有辩驳。他站在那里，两眼直勾勾地盯着她，目光坚定不移。他说话的声音严肃而凝重，脸上第一次抹去了笑容。

"我不会对你撒谎的，雷妮森。"

他紧皱眉头，稍事停顿，好像是在整理思路。

"就一方面来说，雷妮森，我很高兴你知道了……尽管事情和你想的不一样。"

"你把断裂的护身符作为信物送给她……就像给我一样……你们是一个整体的两半。你就是这么说的。"

"你在生气，雷妮森。我很高兴，这证明你爱我。不过，我还是必须让你知道，我并没有把护身符送给诺芙瑞。那是她给我的……"

他顿了顿。"或许你不相信我，但这是真的。我发誓这是真的。"

雷妮森缓缓地说："我不会说不相信你……这的确有可能是真的。"

此时，诺芙瑞阴沉、不悦的面孔浮现在她的眼前。

卡梅尼急促、孩子气地继续说下去……

"请你理解我，雷妮森。诺芙瑞非常漂亮，我受宠若惊。谁不会呢？但是我从未真正爱过她……"

雷妮森感到一阵莫名的痛惜。是的，卡梅尼不爱诺芙瑞，但是诺芙瑞爱卡梅尼——非常痛苦、绝望地爱过他。那天早上，就在尼罗河岸的这个地方，她跟诺芙瑞说过话，向她示好。她记得十分清楚，当时那个女孩所散发出来的痛恨与悲愤。其中的原因如今是清晰可见了。可怜的诺芙瑞，一个大惊小怪的老头子的小妾，爱上了一个对她漠不关心的英俊、无忧无虑的年轻人，痛不欲生。

卡梅尼继续急切地说："难道你不明白吗，雷妮森？我到这里，看到你的瞬间就爱上了你！从那一刻起，我心里想的便只有你！诺芙瑞很清楚这一点。"

是的，雷妮森心想，诺芙瑞是看出来了。诺芙瑞从那时开始就恨她，而雷妮森并不想责怪她。

"我那时甚至不想写那封给你父亲的信。我不想参与任何跟诺芙瑞的计谋有关的事。但是这很难，你必须试着理解，这真的很困难。"

"是的，是的。"雷妮森不耐烦地说，"这些都不重要。重要的是诺芙瑞。她非常不快乐。我想，她非常爱你。"

"但我并不爱她。"卡梅尼也不耐烦地说。

"你真残忍。"雷妮森说。

"不，我是个男人，仅此而已。如果一个女人选择因为我而让自己过得悲惨，也只会让我感到困扰，就是这么简单。我并不想要诺芙瑞，我要你。哦，雷妮森，你不会为这个生我的气吧？"

她不禁微微一笑。

"不要让死掉的诺芙瑞在我们活人之间制造麻烦。我爱你，雷妮森，而且你也爱我，这才是最重要的。"

是的，雷妮森心想，这才是最重要的……

她看卡梅尼站在那里，头微微倾向一边，欢乐、自信的脸上带着恳求的神情。他看起来非常年轻。

雷妮森心想：他说得对。诺芙瑞死了，而我们还活着。我现在明白她对我的恨了。很抱歉让她受苦了，但那并不是我的错。而且也不是卡梅尼的错，他爱的是我而不是她。事情就是这样。

在河堤上玩耍的泰蒂跑过来，拉了拉母亲的手。

"我们现在回家好吗？妈妈，我们回家好吗？"

雷妮森深深地叹了口气。

"好，"她说，"我们回家。"

他们向屋子走去，泰蒂跑在前头一点。卡梅尼释怀地叹息道："你真宽容，雷妮森，而且那么可爱。我们之间一切照旧吧？"

"是的，卡梅尼。一切照旧。"

他压低了声音。"在尼罗河上，我非常快乐。你快乐吗，雷妮森？"

"是的，我很快乐。"

"你看着是很快乐。但你好像在想什么遥远的事情。我希望你能想着我。"

"我是在想你。"

他拉着她的手，她没有抽回来。他轻柔地吟唱着："我的情人就像波斯树……"

他感到她的手在颤抖，听到她的呼吸加速，现在他终于感到心满意足了……

3

雷妮森把赫妮叫到了房间里。

赫妮匆匆走进来，看到雷妮森站在打开的珠宝盒旁，手里拿着那断裂的护身符，她的脚步突然停了下来。雷妮森挂着一脸怒气。

"是你把珠宝盒放进了我的房间，对吗，赫妮？你想要我发现这护身符，让我有一天——"

"发现谁拿着另一半？看来你已经发现了。哦，这难道不是好事吗，雷妮森？"

赫妮不怀好意地笑着。

"你想让这个发现伤害我，"雷妮森说，仍是满脸怒气，"你不是就喜欢伤害人吗，赫妮？你从不直截了当地说话。你总是等着，等待最佳时机到来。你一直都恨我们，不是吗？你一直都恨我们。"

"你说的是什么话，雷妮森！我相信你不是有心的！"

然而现在赫妮的话声中已经没了哭诉的味道，只有狡猾的得意。

"你想在我和卡梅尼之间制造些麻烦。但我告诉你，不会有任何麻烦。"

"那你真是体谅又仁慈，雷妮森。你跟诺芙瑞相当不同，不是吗？"

"不要再谈诺芙瑞了。"

"是的，或许还是不谈的好。卡梅尼很幸运，而且长得也好看，不是吗？我的意思是说，他真幸运，诺芙瑞死的正是时候。她可能会在你父亲那儿为他惹上很多麻烦。她不会乐意看到他娶你的，嗯，绝对不会。事实上，我觉得她会想尽办法阻止。她肯定会的。"

雷妮森极其厌恶地看着她。

"你的话里总是带着恶意，赫妮，就像毒蝎子一样刺人。但是你无法让我不快乐。"

"那不是挺好的吗？你一定爱得很深。哦，卡梅尼是个英俊的小伙子。他知道怎么唱非常动听的情歌。他总是能得到他想要的，对此从不畏惧。我真羡慕他，真的。他看起来总是那么单纯率直。"

"你想说什么，赫妮？"

"我只是告诉你，我羡慕卡梅尼。而且我相当确定他真的很单纯率直。不是假装的。这整件事就像集市上说书人讲的故事一样。并不富有的年轻书记员娶了主人的女儿,跟她共享主人的遗产,从此过上了快乐的生活。真是太棒了,英俊的年轻人运气总是那么的好。"

"我说的没错,"雷妮森说,"你的确恨我们。"

"雷妮森,你怎么可以这样说。难道你不知道我自从你母亲去世后便一直为你们当牛做马吗?"

赫妮的话里仍带着那种邪恶的得意,而非一贯的哭腔。

雷妮森又把头低下,她看着那珠宝盒,突然另一种想法涌现在了她的脑海里。

"是你把那条金狮子项链放在盒子里的。别不承认,赫妮,我告诉你,我全明白了。"

赫妮那狡猾的得意突然消失了,她显得异常惊恐。

"我无法不这样,雷妮森。我怕……"

"你什么意思——怕?"

赫妮向她走近一步,压低了声音。

"是她给我的……我是指,诺芙瑞。哦,在她死前的某个时刻。她给了我一两件礼物。诺芙瑞很慷慨,你知道,是的,她总是很慷慨。"

"我敢说她一定给了你不少好处。"

"这个说法可不太好听,雷妮森。我正要全都告诉你。她给了我那条金狮子项链,一个紫水晶饰扣,还有一两样其他的东西。后来,那个小男孩跑来说他看到一个女人戴着那条项链时……我,我就害怕了。我想他们可能会以为是我在亚莫斯的酒里下了毒。所以我就把那条项链放到了盒子里。"

"这是实话吗,赫妮?你说过实话吗?"

"我发誓这是实话,雷妮森。我当时很害怕……"

雷妮森好奇地看着她。

"你在发抖,赫妮。你现在看起来好像真的很害怕。"

"是的,我怕……我有理由害怕。"

"为什么?告诉我。"

赫妮舔了舔嘴唇。她向身后瞄了一眼,转回来的时候,眼神就像是一只被围捕的野兽。

"告诉我。"雷妮森说。

赫妮摇了摇头。她用不确定的语调说:"没什么好说的。"

"你知道得太多了,赫妮。你总是知道得太多,你很享受这种感觉,但现在这种情势下,这只会令你身陷险境,没错吧?"

赫妮再次摇了摇头。然后她不怀好意地大笑起来。

"你等着,雷妮森。有一天我会成为这屋里执鞭的人,而且会挥响它。等着瞧吧。"

雷妮森站直了身子。

"你伤不到我,赫妮。我母亲不会让你伤到我的。"

赫妮脸色一变,两眼冒起火光。

"我恨你母亲,"她说,"我一直都恨她……而你,有着和她一样的眼睛、声音、美貌和高傲。我恨你,雷妮森。"

雷妮森大笑。

"终于——我让你全说出来了!"

4

老伊莎疲惫地、一瘸一拐地回到她的房间。

她感到困惑,而且非常疲惫。她意识到,年龄终于向她敲起了警钟。到目前为止她只知道自己身体上的疲倦,却没有意识到精神上的疲惫。但是现在她不得不承认,精神上时刻保持警惕的压力正在消耗她身体上最后的一点儿力气。

或许她现在确实知道,正如她所想的那样,危险会从什么地方迫近的……但也正是因为知道,才不允许她在精神上有任何的松懈。相反,她不得不更加小心谨慎,因为她已经故意把注意力吸引到自己身上来了。证据……证据……她必须找到证据。但是,怎么找呢?

她意识到她的年龄正在跟她作对。她太累了,无法随心所欲,无法让自己的头脑做创造性的工作。她能做的只有防卫。保持警觉,小心提防,保护自己。

因为那个杀手——她对此不抱有任何幻想——将准备再次行动。

她可不想成为下一个牺牲者。她确信,凶手一定会用毒。暴力是不可能的,因为她从不独处,周围总是有仆人。因此只可能是下毒。这她可以确信。雷妮森会帮她做饭并亲自端来给她。她把一个酒架和一瓮酒放在房里,在奴隶尝过之后,她等了二十四小时,确定没有不好的事情发生才饮用。她让雷妮森跟她一起吃饭喝酒,她不必替雷妮森担心——还没到时候。可能雷妮森永远不会有什么危险,但这种事情,谁也说不好。

她不时静静地坐着,用已经疲惫不堪的头脑思考该如何揭露真相;或是看着她的小女仆整理亚麻布衣裳或重新戴好项链、手镯。

今天晚上她感到非常疲倦。她应伊姆霍特普的请求,在他和自己女儿谈话之前先行商量了雷妮森的婚事。

现在的伊姆霍特普畏缩、烦躁,相比原来的那个他,只能算是一个影子。他已经失去了原来的盛气凌人和狂妄自负,如今他更依赖于母亲的决断和不屈不挠的意志。

至于伊莎,她一直害怕、非常害怕说错话。生命有时候可能就悬在一句不慎重的话上。

是的,她最后说,结婚的主意是明智的。没有时间到有财势的亲戚家中去挑选丈夫了。毕竟,女方的血统才是最重要的,丈夫只不过是雷妮森和她孩子继承权的管理者而已。

于是话题转到了该选谁做婿的问题上。是选霍里,那个正直、诚实、友善又经得住考验的男人,那个财产已经并入他们家的财产之中的小地主的儿子;还是有亲缘关系的卡梅尼?

伊莎在开口之前小心地权衡了这个问题。说错一句话……就可能造成灾难。

然后她说出了自己的回答,并以她不屈不挠的个性加以强调。卡梅尼,她说,无疑是最适合做雷妮森丈夫的人选。由于最近一系列不幸的事件,他们的婚礼和欢庆活动需要大幅简化,婚礼可以在一周内举行。当然,如果雷妮森愿意的话。卡梅尼是个好青年,他们会一起生下强壮的子女。再说,他们两个本身也彼此相爱。

好了,伊莎心想,她已经掷出了骰子。一切就看天数了。她已经撒手了,也照她认为妥当的方式做了。如果这是孤注一掷——也好,伊莎跟伊彼一样喜欢在棋盘上见个高低。生活本来就不是安全的,要想赢取胜利,就必须承担风险。

回到房间时,她怀疑地看向四周,还特别检查了一下那个大酒瓮。瓮口在她离开时盖了起来。她每次离开房间都把它封起来,现在封条还好好地吊在瓮口上。

是的,她绝不冒那种险。伊莎满意地发出咯咯恶笑。要杀死一个老太婆可不是那么容易。老太婆知道生命的珍贵，也知道最诡诈的把戏。明天……她召来了她的小女仆。

"霍里在哪儿？你知道吗？"

小女仆回复说霍里大概是上山到他在墓室旁的石室里去了。

伊莎满意地点了点头。

"你去那里找他，告诉他明天早上伊姆霍特普和亚莫斯到田里去的时候，把卡梅尼一起叫过去，等到凯特跟孩子们在湖边玩的时候来这里找我。你明白了吧？重复一遍。"

小女仆照她的话重复了一遍，伊莎把她打发上路。是的，她的计划让人满意。跟霍里之间的磋商将会非常私密，因为她会把赫妮支开到纺织棚里去。她要警告霍里接下来会发生什么，他们可以一起自由地交谈。

当那个黑人小女仆回来答复说霍里会照她的吩咐行事时，伊莎轻松地舒了一口气。

现在，这些事情都已料理妥当，她的全身布满倦意。她叫那个小女仆把一瓶香膏拿来帮她按摩。小女仆的按摩使她倍感舒适，而香膏也减轻了她筋骨的疼痛。

她终于舒展肢体，摊开四肢，头靠在木枕上，睡着了。她的恐惧一时也消退了不少。

过了很久，她被一阵莫名的寒冷冻醒。她感觉手脚麻痹僵硬……全身就像是被什么东西紧紧束缚了一样。她可以感觉到这种寒冷使她头脑麻痹、意志瘫痪，心跳也减慢下来。

她心想：这是死亡……

一种奇怪的死亡，没有任何前兆，没有任何预警的死亡。

她想，这就是老人的死法……

然后，她突然冒出了另一种想法：这绝不是自然死亡！这是敌人的暗中出击。

下毒……

但是,怎么下的毒?什么时候下的?她吃的、喝的,一切都有人事先尝过,确定安全无虞。

那么,是怎么下的毒?什么时候?

伊莎试着运用她最后一丝微弱的智力,专心刺穿这个谜团。她必须知道……她必须……在死去之前。

她感觉心脏的压力在增加,随后是致命的冰冷,痛苦而缓慢的吸气。

敌人是怎么做到的?

突然,一个过去的记忆片段惊醒了她:刮去毛后的绵羊皮……腥膻的油脂……她父亲做过的一项试验,证明某些毒可以被皮肤吸收。绵羊油……绵羊油脂做成的香膏。敌人就是这样对她下手的。她的那瓶香膏,对于埃及妇女都很必要的香膏。毒药就在里头……

而明天……霍里……他不会知道了……她无法告诉他……太迟了。

清晨,小女仆惊恐不已地跑出房子,大声喊着:她的女主人在睡梦中死去了。

第十八章
第二个月 第十六天

1

伊姆霍特普站在一边,低头看着伊莎的尸体。他的脸上布满了悲痛,但并没有疑惑。

他的母亲,他说,到了寿终正寝的年龄了。

"她年岁已高。"他说,"是的,年岁太高了。无疑,奥西里斯现在想把她带走了,她所有的苦恼与悲伤也将止步于此。她走得那么平静。感谢拉神的仁慈,让她的死亡没有受到任何邪恶灵魂的干扰。极乐世界没有悲伤,看,她脸上的表情是那么祥和。"

亚莫斯安抚着啜泣的雷妮森。赫妮在一旁摇头叹气,说她对伊莎是多么忠诚,伊莎离去后她是多么悲伤。卡梅尼低吟着他的曲子,神情凝重。

霍里走过去,低头看着这位死去的妇人。几个小时前她还曾召唤过他。他想着,她到底想跟他说什么呢?

无疑,她有什么必须要告诉他的事。

现在他已永远无法得知了。

但是他想,也许,他可以猜到……

2

"霍里……她是被害死的吗?"

"我想是的,雷妮森。"

"怎么害死的?"

"我不知道。"

"可她是那么小心。"雷妮森的声音里透着沮丧和困惑,"她一直很警惕,采取了各种预防措施。任何她入口的东西都有人试吃,确保无毒。"

"我知道,雷妮森。但是,我仍然认为她是被害死的。"

"而她是我们之中最有智慧、最聪明的一个!她那么自信不会被伤到。霍里,这一定是魔法!邪恶的魔法,恶鬼的诅咒。"

"你会这样想,是因为这是最轻松的想法,人们总是这样。但伊莎就不会相信。如果她知道——如果她不是在睡梦中死去——她就会知道,这是活生生的人干的。"

"她知道是谁干的?"

"是的。她已经公开表明了她的怀疑。她成了敌人的威胁。她的死亡证明了她的怀疑是正确的。"

"她告诉过你是谁吗?"

"没有,"霍里说,"她并没有告诉我。她从没提起过任何一个名字。但是,我相信,我们的想法是一样的。"

"那么你必须告诉我,霍里,我好提高警觉。"

"不,雷妮森,我太关心你的安全了,不能这样做。"

"我会很安全吗?"

霍里脸色一沉,说:"不,雷妮森,你并不安全。但是如果你不知道事实真相,可能会相对安全得多。因为你一旦知道了,就变成了真正的威胁，对方会不惜一切代价把你除掉。"

"那你呢，霍里？你知道是谁呀。"

他纠正道："我只是猜到了是谁。但我什么都没说，也什么都没显露出来。伊莎不太明智，她说出来了。她暴露了她的想法，她不应该那样做。我后来也告诉过她。"

"可是你……霍里……如果你出了什么事……"

雷妮森停了下来，意识到霍里正注视着她。

庄重、专注地直看进她的脑海、她的心里……

他抓起她的双手，轻轻地握着。

"不要替我担心，小雷妮森……一切都会没事的。"

是的，雷妮森心想，如果霍里这么说，那么一切就真的都会没事的。奇怪，那种满足、祥和、清明欢畅的快乐……就像从坟墓看过去的远方那样可爱，那样遥远……在那遥远的地方，没有人类欲求的喧嚣和拘束。

突然，她听到自己用几乎刺耳的声音说道："我就要嫁给卡梅尼了。"

霍里平静而自然地放开了她的手。

"我知道，雷妮森。"

"他们——我父亲——他们认为这样是最好的。"

"我知道。"

他转身离去了。

院子的围墙似乎一下子变得更近了，屋里和外头谷仓传来的声音也变得越来越大，越来越嘈杂。

雷妮森心中冒出了一个想法：霍里走了……

她怯生生地向他喊道："霍里，你要上哪儿去？"

"和亚莫斯到田里去，那里有太多工作要做了。庄稼收割差不多快结束了。"

"卡梅尼呢？"

"卡梅尼会跟我们一起去。"

雷妮森大声喊道："我在这里很害怕。是的，甚至是在大白天，太阳神在天上巡游，四周都是仆人，我也害怕。"

他快步走回来。"不要怕，雷妮森。我向你发誓你不用害怕。今天不用。"

"但是今天过后呢？"

"今天就足够了。我向你发誓，你今天没有危险。"

雷妮森看着他，皱起眉头。

"可是我们都有危险吧？亚莫斯、我父亲还有我自己？但第一个受到生命威胁的人不是我……你是不是这样想的？"

"试着别去想这些，雷妮森。我正在尽我所能，尽管在你看来可能我好像什么都没做。"

"原来如此……"雷妮森若有所思地看着他，"是的，我明白了。第一个会是亚莫斯。敌人下了两次毒都失败了，肯定会有第三次尝试。所以你才要紧紧跟在他身边，保护他。然后是我父亲和我。到底是谁这么痛恨我们一家人——"

"嘘。你最好不要谈这些事，相信我，雷妮森，试着把恐惧从心中除去。"

雷妮森头往后一仰，鼓起勇气说："我确实信任你，霍里。你不会让我死的……我非常热爱生命，不想失去它。"

"你不会失去它，雷妮森。"

"你也不会，霍里。"

"我也不会。"

他们彼此会心一笑，然后霍里离开她去找亚莫斯。

3

雷妮森蹲坐在地上注视着凯特。

凯特正在帮孩子们用黏土和湖水做模型玩具。她一边用手忙着捏形状，一边鼓励两个小男孩自己做。凯特的脸如同往常一般，温柔、平静、毫无表情。周遭的死亡和持续不断的恐怖氛围似乎一点也没影响到她……

霍里嘱咐雷妮森不要想，但即使这是出于最大的善意，雷妮森也无法服从。如果霍里知道是谁，伊莎知道是谁，那么她没有理由不知道是谁。或许不知道会比较安全，但是没有人能满足于此。她想要知道。

而这一定非常容易，真的非常容易。她父亲显然不可能杀害自己的子女。那么剩下来的——剩下来的还有谁？无疑只有两个人——凯特和赫妮。

她们两个都是女人……

而且当然都没有动机去杀人……

可是赫妮恨他们所有人……是的，毫无疑问，她恨大家。她已经承认过恨雷妮森了，她当然有可能同样痛恨其他人。

雷妮森试着让自己进入赫妮那暧昧、苦闷的心灵深处。这些年来她都住在这里，工作、四处宣扬自己的奉献、说谎、窥探、制造事端……她很久以前就来到了这里。一个美丽名门闺秀的穷亲戚，被丈夫抛弃，孩子也夭折了，却要眼睁睁地看着美丽的女主人和她的孩子……是的，可能就是因为这样。就像雷妮森曾经看到过的被长矛刺破的伤口。表面上很快就要痊愈了，但是骨子里，邪恶的东西在溃烂生脓。手臂肿胀落痂，变得一碰就疼，然后医生来了，念着适当的咒文，把小刀插进肿胀、扭曲、僵硬的肢体，这时，就像灌溉水道决堤般，一大股恶臭的脓液从里面涌了出来……

这或许就是赫妮的思想。悲痛的伤口愈合得太快了，底下却埋着脓毒肿胀，深处涌动着巨大的仇恨和恶意。

可是，赫妮也恨伊姆霍特普吗？当然不。多年来她一直绕着他团团转，奉承他，恭维他……他也深深地信赖她。当然，那种忠诚和奉献不可能全是假装的吧？

如果她对他忠实，怎么会让他承受这样的悲痛呢？

啊，可是假如她也恨他，一直都恨呢？也许她是在用故意奉承来窥探，找出他的弱点？假如伊姆霍特普是她恨得最深的一个人呢？那么，对一颗扭曲、充满邪恶的心来说，还有什么比这更有乐趣的？让他看着子女一个一个地死去。

"怎么了，雷妮森？"凯特正凝视着她，"你看起来有点奇怪。"

雷妮森站了起来。

"我感觉想吐。"她说。

就某方面来说，这句话再真实不过了。她所想象出来的景象让她产生了一种强烈的恶心感。凯特只听出了这句话的表面意思。

"你吃了太多青枣，要不然就是鱼不新鲜。"

"不，不，不是因为我吃坏了什么，是我们正在经历的可怕事情。"

"哦，那个啊。"

凯特冷漠的回应让雷妮森吃惊地看着她。

"可是，凯特，难道你不害怕吗？"

"不，我不害怕。"凯特思索着，"要是伊姆霍特普出了什么事，孩子们会受到霍里的保护，霍里是个诚实的人。他会替他们保障继承的财产。"

"亚莫斯也会这样做。"

"亚莫斯也会死的。"

"凯特，你说得这么冷静。你一点都不在意吗？我的意思是说，你觉得我父亲和亚莫斯都会死？"

凯特考虑了一会儿，然后耸了耸肩。

"我们两个都是女人，让我们说点实话吧。我一向认为伊姆霍特普专横又偏执。他在小妾那件事上表现得很恶劣，竟然任凭她蛊惑，剥夺了亲生骨肉的继承权。我从没喜欢过伊姆霍特普。至于亚莫斯——他算不了什么。莎蒂彼把他管得死死的。最近，因为她的死，他才开始自掌权位，发号施令。他会永远偏袒自己的孩子，这是很自然的事情。因此，如果他也死了，对我的孩子来说反倒更好，我是这么想的。霍里没有孩子，而且为人正直。最近发生的这些事让所有人都心神不宁，不过我倒一直觉得，这可能是最好的结果了。"

"凯特，你自己的丈夫，你最爱的人，第一个被害，你竟然能这样说……这么冷静、这么冷酷？"

一丝难以捉摸的表情掠过凯特的脸庞。她瞄了雷妮森一眼，嘲讽地说："你有时候很像泰蒂，雷妮森。真的，我发誓，跟她一样的年纪！"

"你并没有为索贝克感到难过。"雷妮森缓缓说道，"从来没有，我注意到了。"

"得了吧，雷妮森，我已经尽了一切礼俗。我知道一个新守寡的妇人该怎么样。"

"是的，但也只是这样……因此……这意味着……你并不爱索贝克?"

凯特耸了耸肩。

"我为什么要爱他?"

"凯特!他是你的丈夫,他给了你孩子。"

凯特的表情变得柔和了许多。她低头看看两个正在全神贯注地捏黏土的小男孩,然后看了看咿呀学语、两条小腿蹒跚学步的安可。

"是的,他给了我孩子。为此我感谢他。可毕竟,他算什么呢?英俊却徒有其表,总是夸夸其谈,还总去找其他女人。他没有大大方方地娶个妾进门,娶个谦逊、能给家里帮得上忙的女人。没有,他非要跑去见不得人的地方,在那里大肆挥霍,喝酒作乐,召来价钱最贵的舞女陪酒。幸好伊姆霍特普一直把控着他的口袋,把他经手的买卖算得一清二楚。像这样的一个男人,我对他能有什么爱和尊敬?再说,无论如何,男人是什么?他们不过是生孩子的必需品,仅此而已。种族延续的力量是掌握在女人手里的。把一切都献给孩子的是我们女人,雷妮森。至于男人,他们最好在传种以后早早死去……"

凯特的话中带着很深的嘲讽和不屑,她丑陋的面孔也随之变了形。

雷妮森惊讶地想道:原来凯特是个坚强的女人。如果她愚蠢,那也是一种自足的愚蠢。她讨厌而且鄙视男人。我早就该知道了,我曾经见识过这种……这种险恶的性格。是的,凯特很坚强……

雷妮森的目光不自觉地落到凯特的手上,那双手正在捏压着黏土。那是一双强壮有力的手。而当雷妮森看着它们挤压黏土时,她想到伊彼的头就是被一双强有力的手压进了水里,被冷酷地按在那里。是的,凯特的手能够做到……

小女孩安可摇摇晃晃地跌倒在一棵带刺的香料树边,号啕大哭起来。凯特急忙跑过去把她抱起来,紧紧抱在胸前,呢喃着哄她。她的脸上全是温柔的爱意。

赫妮从门廊上跑过来。

"出什么事了吗?这孩子叫得这么大声。我以为可能……"

她失望地停了下来。她那急切、卑鄙、充满恶意、盼望灾厄降临的脸沉了下来。

雷妮森看了看这两个女人。

一张脸上写满了恨;另一张脸上充满了爱。她在想,哪一张更可怕呢?

4

"亚莫斯,小心凯特。"

"小心凯特?"亚莫斯露出惊讶的神色,"我亲爱的雷妮森……"

"我告诉你,她很危险。"

"我们安静的凯特?她一向是个温顺、谦恭的女人,不太聪明——"

雷妮森打断了他的话。

"她既不温顺也不谦恭。我害怕她,亚莫斯。你也得提高警惕。"

"提防凯特?"他仍然一脸怀疑,"我看凯特搞不出这些死亡事件,她没有那种头脑。"

"我不认为这是头脑的问题,她只需要一些关于毒药的知识。"

这种知识经常在某些家族里出现，由母亲传给女儿。她们会从药草中提炼出毒药来。这种方子凯特很轻易就能得到。孩子们生病时都是她亲自替他们配药，这你是知道的。"

"是的，这倒是事实。"亚莫斯若有所思地说。

"赫妮也是个邪恶的女人。"雷妮森继续说。

"赫妮……是的。我们从没喜欢过她。事实上，要不是我父亲的祖护——"

"父亲被她欺骗了。"雷妮森说。

"很有这个可能。"亚莫斯一本正经地加上了一句，"她奉承他。"

雷妮森惊讶地看了他一会儿。这是她第一次听到亚莫斯说出对父亲带有批评意味的话，他似乎一向对父亲十分敬畏。

不过现在，她意识到，亚莫斯正逐渐掌握领导权。伊姆霍特普在过去几个星期里老了好几岁。如今他已无法发号施令，无法做决定，甚至连体能也减弱了。他总是花很长时间呆坐着凝视前方，眼神恍惚，视线朦胧。

"你是不是认为她……"雷妮森停了下来。她向四周看看，然后又说："你是不是认为，是她，她……她……？"

亚莫斯抓住她的臂膀。"别说话，雷妮森。这种事还是不要说出来的好，哪怕是私下议论也不要。"

"那么你确实认为……"

亚莫斯紧急而温和地说："现在什么都不要说。我们有计划。"

第十九章
第二个月 第十七天

1

第二天是新月节,伊姆霍特普不得不上山到坟地去祭拜。亚莫斯请求交给他去办,但伊姆霍特普执意要自己去。他像是在模仿昔日的自己一样喃喃说道:"除非亲自去,否则我怎么能确定一切都办妥了?我曾经逃避过责任吗?我还不是一直在供养你们所有人……"

他停了下来。"所有人?所有的人?啊,我忘了……我还有两个英勇的儿子。我英俊的索贝克,我深爱的、聪明的伊彼……都离我而去了。亚莫斯和雷妮森,我亲爱的儿子和女儿,你们还跟我在一起,但是还能在一起多久……多久……"

"很多很多年,我们希望。"亚莫斯说。

他讲得有点大声,好像在对聋子讲话。

"呃?什么?"伊姆霍特普仿佛陷入了昏迷状态。

他突然令人惊讶地说:"这要看赫妮,不是吗?是的,是要看赫妮的。"

亚莫斯和雷妮森彼此对视了一眼。

雷妮森柔声清晰地说:"我不明白您的意思,父亲。"

伊姆霍特普喃喃地说了些什么他们没听出来。然后，他略微提高了一点声音，两眼呆滞空洞地说："赫妮了解我，她一直都了解。她知道我的责任有多么重大。多么重大，是的，多么重大……但总是不被感恩……因此一定要有报应，我想，这是个公认的规则。放肆的行为必须受到惩罚。赫妮一向温顺、谦恭，而且忠实。她将得到回报……"

他挺直了身子，装腔作势地说："你知道，亚莫斯，赫妮将得到她想要的一切。她的命令你们必须遵从！"

"可是，为什么要这样呢，父亲？"

"因为我是这样说的。因为如果赫妮得到了她想要的，就不会再有死亡了……"

他一本正经地点了点头然后转身离开，留下亚莫斯和雷妮森在那里面面相觑。

"这是什么意思，亚莫斯？"

"我不知道，雷妮森。有时候我觉得父亲也不知道自己在说什么。"

"是的……也许是吧。不过我想，亚莫斯，赫妮非常清楚她在干什么。那天她才跟我说过，她很快便会是这屋子里执鞭的人。"

他们彼此对视着，亚莫斯把手放在雷妮森的手臂上。

"不要惹她生气。你把你的感受表露得太明白了，雷妮森。你听见父亲说的了吧？如果赫妮得到了满足，就不会再有死亡了……"

2

赫妮正蹲坐在一间贮藏室的地板上，数着一堆堆的布匹。这是些旧布，她把布角的记号凑近眼睛看了看。

"亚莎伊特。"她喃喃说道,"是亚莎伊特的布。上面记着她来这儿的年份,她和我一起……那是很久以前的事了。你知道你的布现在被用来做什么了吗,亚莎伊特?"

她咯咯地笑了起来,突然一个声音让她停了下来,她回头一望。

是亚莫斯。

"你在干什么,赫妮?"

"葬仪社的人需要更多布。他们用了成堆成堆的布,昨天一天就用了四百腕尺,这些丧事用布的量真是太可怕了,我们得用上这些旧布。这些品质好,而且也没怎么破损。是你母亲的,亚莫斯。是的,你母亲的布匹……"

"谁说你可以拿这些布的?"

赫妮大笑起来。

"伊姆霍特普把一切都交给我来办了,我不用请示谁。他信任可怜的老赫妮。他知道她会把一切办好。长久以来,这屋子里的大部分事情都是由我来处理的。我想,如今,我该得到应有的报偿了!"

"看起来是这样,赫妮。"亚莫斯的语气很温和。"我父亲说……"他顿了顿,"一切都取决于你。"

"他是这样说的吗?哦,听起来真不错。不过或许你不这么认为,亚莫斯。"

"哦……我不太确定。"亚莫斯的语气依然很温和,但目光紧紧盯住赫妮。

"我想你最好还是同意你父亲的看法,亚莫斯。我们可不想再有麻烦,不是吗?"

"我不太明白。你的意思是,我们不想再有死亡?"

"还会有死亡的，亚莫斯。哦，是的……"

"下一个死的是谁，赫妮？"

"为什么你觉得我会知道？"

"因为你知道的很多。比如说，你那天就知道伊彼会死……你非常聪明，不是吗，赫妮？"

赫妮昂起头。

"这么说你现在总算开始了解了！我不再是可怜的笨赫妮。我是那个知晓一切的人。"

"你知道什么，赫妮？"

赫妮的语气变得低沉、尖锐。

"我知道，最终在这个屋子里，我可以为所欲为，没有人能阻止我。伊姆霍特普已经开始依赖我了，你也会一样吧，是不是，亚莫斯？"

"还有雷妮森呢？"

赫妮哈哈大笑，那是一种恶意的开怀大笑。

"雷妮森将不会在这里。"

"你认为下一个死的人是雷妮森？"

"你认为呢，亚莫斯？"

"我正等着听你说呢。"

"或许我的意思只是雷妮森将会出嫁，同时离开这里。"

"你到底是什么意思，赫妮？"

赫妮咯咯地笑。

"伊莎曾经说过我的舌头很危险，也许是吧！"

她尖声笑起来，笑得前仰后合。

"好了，亚莫斯，你怎么看？我是不是终于可以在这屋子里为所欲为了？"

他转身遇见了从大厅进来的霍里，霍里说："原来你在这里，亚莫斯。伊姆霍特普在等你。是时候到山上的墓室去了。"

亚莫斯点了点头。

"我这就去。"他压低声音，"霍里，我觉得赫妮疯了。她真的中邪了。我开始相信她是这一系列事件的始作俑者了。"

霍里停顿了一会儿，然后用平静、超然的声音说："她是个怪女人，而且很邪恶，我想。"

亚莫斯把声音压得低低的，说："霍里，我想雷妮森有危险。"

"因为赫妮吗？"

"是的。她刚刚暗示说雷妮森可能是下一个……受害者。"

伊姆霍特普焦躁的声音从别处传了过来。"难道我要等一整天吗？这是怎么回事？就没有人替我想想，没有人知道我的痛苦吗？赫妮在哪儿呢？赫妮最了解我。"

这时贮藏室里传出了赫妮得意的笑声。

"你听见了吧，亚莫斯？赫妮是最了解他的人！"

亚莫斯平静地说："是的，赫妮，我知道，你也很强大。你、父亲和我，我们三个一起……"

霍里转身去找伊姆霍特普。亚莫斯又对赫妮说了几句话，赫妮不停地点头，脸上闪着恶毒又得意的光彩。

然后亚莫斯追上霍里和伊姆霍特普，为他的拖延道歉，接着，三个男人一起朝着山上的墓室走去。

3

这一天对雷妮森来说过得很慢。

她坐立不安，在屋子和门廊之间走来走去，然后她走到湖边，接着又走回屋子里。

中午伊姆霍特普回来了，吃过午饭后，他来到门廊上，雷妮森走到他的身边。

她双手抱膝坐在父亲旁边，时而抬头看看父亲的脸，父亲的脸上仍然是惶惑不安的表情。伊姆霍特普没怎么说话，其间只是叹了一两次气。

他曾站起来要找赫妮，但当时赫妮已经带着亚麻布去找葬仪社的人了。

雷妮森问父亲霍里和亚莫斯在什么地方。

"霍里去了远处的亚麻田，那里有些账目需要总结一下。亚莫斯在田地监工。现在一切都交给他了……可怜的索贝克和伊彼！我的孩子，我英俊的孩子……"

雷妮森急忙试着转移他的注意力。

"卡梅尼不能去监督工人们吗？"

"卡梅尼？谁是卡梅尼？我没有叫这个名字的儿子。"

"书记员卡梅尼。那个要做我丈夫的卡梅尼。"

他睁大眼睛望着她。

"你？雷妮森？可你是要嫁给凯伊的呀。"

她叹了一口气，不再说话。把他带回现实世界似乎是件很残忍的事情。然而，过了一会儿，他突然站起身，大声说道："哦，当然了。卡梅尼！他到酿酒房去指导和监工了。我得去找他一趟。"

他嘴里一边喃喃低语，一边迈着大步走开了。不过看到他恢复了往日的神态，雷妮森感到有一丝高兴。

或许他那种糊涂只是暂时的。

她看向四周。今天屋子和庭院的寂静里似乎掺杂了一丝邪恶的气息。孩子们都在远处的湖边玩耍,凯特没有和他们在一起,雷妮森在想她到什么地方去了。

赫妮走到门廊上。她四处看看,然后悄悄贴近雷妮森。此刻的她又重新恢复了往日奉承、谦卑的态度。

"我一直在等和你独处的机会,雷妮森。"

"为什么,赫妮?"

赫妮压低了声音。

"霍里要我给你捎句话。"

"他说什么?"雷妮森急切地问道。

"他要你到墓室那里去。"

"现在?"

"不。日落前一小时到那儿就行。是他要我这样告诉你的。如果他到时不在,你就要一直等到他去为止。他说有重要的事。"

赫妮顿了顿,然后又补了一句:"他要我等到只有你一个人在的时候告诉你,不能让别人偷听到。"

说完赫妮就悄悄溜走了。

雷妮森顿时精神振奋。想到要到平静祥和的墓室去她就感到高兴。她很高兴就要见到霍里了,还可以和他自由地交谈。唯一让她感到有点惊讶的是,他竟然会找赫妮给她捎话。

但是,尽管赫妮总是不怀好意,但她还是忠实地把话带到了。

我为什么要怕赫妮呢?雷妮森心想,我可比她强壮。

她高傲地挺直了身子。她感到年轻、自信,并且全身充满了活力……

4

赫妮把话传给雷妮森以后，又回到了存放亚麻布的贮藏室。她自鸣得意地偷笑着，伏在摆放杂乱的布堆上。

"很快就会再用上你们了，"她对布堆高兴地说道，"听见了吗，亚莎伊特？现在我是这里的女主人了，而且我告诉你，你的亚麻布将用来再包裹另一具尸体。你觉得会是谁的尸体？嘻，嘻！你对这些事无能为力了吧？你和你的舅舅，那个省长！主持公道？在这个世界你们能主持什么公道？你们倒是给我说说！"

这时成捆的亚麻布后面忽然传来一阵骚动声。赫妮半转过头。

一匹巨大的亚麻布抛向她，让她几近窒息。一只冷酷的手把亚麻布一圈一圈地缠在她身上，把她像具尸体一般包裹起来，直到她停止挣扎……

5

雷妮森坐在石室的入口，凝视着尼罗河，逐渐陷入光怪陆离的幻梦之中。

她感觉回家后第一次坐在这里似乎是很久以前的事了。也就是在那天，她还庆幸地说这里的一切都没有改变，说家里的一切都跟她八年前离开时完全一样。

现在她想起了当时霍里告诉过她的话，说她不再是跟凯伊离开时的那个雷妮森了，那时她还那么自信地说她很快就会变回原来那样。

然后霍里说到了一种从内部开始的腐化，外表上完全没有征兆。

她现在似乎明白他在说这些的时候心里想的是什么。他是想让她做好心理准备。她当时是那么确信，那么盲目，那么轻易地相信家人就是表面上看起来的那样。

诺芙瑞的到来让她睁开了双眼……

是的，诺芙瑞的到来，一切转折都由此开始。

随着诺芙瑞而来的便是死亡……

不管诺芙瑞是否邪恶，她确实带来了邪恶……

而邪恶现在仍徘徊在他们之间。

雷妮森最后一次想到，也许这一切都是诺芙瑞的鬼魂在作祟……

诺芙瑞，心怀恶意但确确实实已经死了……

然而赫妮，心怀恶意却依然活着……赫妮，阿谀谄媚、被人鄙视的赫妮……

雷妮森颤抖起来，心神不宁地摇晃着身子，慢慢地站起来。

她不能再等了，太阳已经下山了，为什么他还不来？

她站起来，向四周看了看，开始往下山的小径走去。

傍晚的这个时刻非常安静，安静而美好。她想：霍里是因什么事耽搁了？如果他来了，他们至少可以一起分享这美好的时刻……

这种时光不会有很多了。不久之后，当她成了卡梅尼的妻子……

她真的要嫁给卡梅尼吗？雷妮森震惊地摇了摇头，从长久以来的恍惚中清醒了过来，仿佛是从噩梦中惊醒一般。噩梦中的她被恐惧动摇，无论什么提议她都会同意。

而现在她又是雷妮森了，如果她嫁给卡梅尼，那得是因为她想要嫁给他，而不是因为家人的安排。卡梅尼，英俊又总是面带笑容的卡梅尼！她爱他，不是吗？这就是她要嫁给他的原因。

在这傍晚时分的山上，她感到自己的意志清晰而坚定。没有困惑。她是雷妮森，走在这里，仿佛在整个世界之上。平静、无惧，只有她自己。

她不是曾经跟霍里说过，她必须在诺芙瑞死去的时刻独自走上这条小径吗？不管她是否害怕，都必须单独走。

好了，她现在正在这样做。此时正好是她和莎蒂彼看到诺芙瑞尸体的时刻，而且也差不多是莎蒂彼自己走在这条小径上，突然回头看，看到死亡袭来的时刻。

而且也差不多正好是在这个地点，莎蒂彼听到了什么，让她突然回过头去。

脚步声？

脚步声……可是雷妮森现在就听到了脚步声，正跟着她下山。

她心里突然感到一阵恐惧。那么是真的了！诺芙瑞在她身后，紧跟着她……

恐惧感油然而生，不过她的步伐并没有丝毫迟疑，也没有向前加速奔跑。她必须克服恐惧，因为她没有做过任何亏心事……

她让自己慢慢镇定下来，鼓起勇气，一面继续向前走，一面回过头去。

然后她松了一大口气，跟着她的是亚莫斯，不是什么鬼魂，而是她的亲哥哥。他一定是一直在墓室里忙着，这会儿正好从那边出来。

她停下来，兴奋地低喊着。

"亚莫斯，看到你真高兴。"

他迅速向她走过来，雷妮森刚要开口说出她刚才那愚蠢的恐惧，话语却在她的唇间突然冻住了。

这不是她所熟悉的亚莫斯,不是那个和蔼、仁厚的哥哥。他的双眼闪着凶光,舌头不时舔着干裂的双唇。他的双手略微向前伸出,有点扭曲,手指看起来就像猛兽的利爪一样。

他正紧紧盯着她。错不了,那是杀人凶手准备再次行凶时的眼神。他脸上露出了一种贪婪,带着野兽捕食猎物般的满足。亚莫斯……那个残忍的敌人是亚莫斯!在那和蔼、仁厚的面具之下……竟是这般面孔!

她一直以为哥哥很爱她,但是这张贪婪、冷酷的脸上没有丝毫的爱意。

雷妮森尖叫起来——软弱、无助地尖叫。

这,她知道,就是死亡。她的力量抵不过亚莫斯。就在这里,诺芙瑞掉下山去的位置,小路的狭窄处,她也要摔下去了吧……

"亚莫斯!"这是最后的哀求。她叫出这个名字的声音中饱含一直以来对这位大哥的爱。但这恳求没有起到任何作用。亚莫斯笑了起来,那是种柔和、快乐、残忍的愉快笑声。

然后他向她扑过去,那双仿佛带着利爪的手残忍地弯曲着,似乎很渴望掐住她的喉咙……

雷妮森后退,靠在崖壁上,双手徒劳地伸出来试图阻挡他。这就是恐惧……这就是死亡。

突然,她听见了一个声音,一个微弱的、音乐般的声音……

似乎有某种东西呼啸着破空划过。亚莫斯蓦然停了下来,摇晃着身子,然后大叫了一声,一头栽倒在雷妮森脚上。她呆呆地低头注视着他背上的一支羽杆箭。过了一会儿,她缓过神来,望向悬崖边……霍里站在那儿,手里仍持着一张弓。

6

"亚莫斯……亚莫斯……"

雷妮森吓得全身麻痹,一再重复着这个名字。仿佛她不能相信眼前发生的一切。

此刻她站在小石室外面,霍里的手臂拥着她。她几乎想不起来他是怎么带她上来的。她只能用那种眩晕而恐惧的声音,茫然地重复着哥哥的名字。

霍里柔声说:"是的,是亚莫斯。一直都是亚莫斯。"

"可是,怎么会?为什么?怎么可能是他?为什么……他自己也曾中过毒,差点儿就死掉了。"

"不,他不会冒险让自己死掉的。他对自己喝了多少酒非常小心。他只喝到够让自己病倒,同时夸大他的病情和痛苦。他知道,这样就可以排除嫌疑。"

"可是他不可能杀了伊彼。他当时那么虚弱,站都站不起来!"

"那也是假装的。难道你不记得莫苏说过的吗?一旦毒性消失,他很快就会恢复力气。事实也正是如此。"

"可是,为什么,霍里?我不能理解……为什么?"

霍里叹了一口气。

"雷妮森,你记不记得我曾经跟你说过的那种从内部开始的腐化?"

"我记得。而且事实上我今天晚上还想到了。"

"你曾经说,诺芙瑞带来了邪恶。但不是这样的,邪恶早就暗藏在这里,潜伏在每个人的心中。诺芙瑞的到来,只是让这一切暴露了出来。凯特温柔的母性变成了残忍无情的利己主义。索贝克不再是那个快乐迷人的小伙子,而是成了爱说大话、沉迷声色犬马的懦夫。伊彼也不再是那个被宠坏的漂亮男孩,而是成了自私自利、口蜜腹剑的家伙。透过赫妮的假意奉献,怨恨开始渐渐显露。莎蒂彼暴露了她仗势欺人、胆小如鼠的本质。伊姆霍特普则退化成了一个大惊小怪、浮夸自大的暴君。"

"我知道……我知道。"雷妮森揉着眼睛,"你不用告诉我这些。我已经一点一点看出来了……可是为什么会发生这些事情?为什么他们的内心会渐渐走向腐败?"

霍里耸了耸肩。

"谁能说得准呢?也许万物皆是运动变化的吧……如果一个人不是变得更仁慈、更明智、更伟大,那么就会向另一个方向变化,孕育出一些邪恶的东西。也可能是他们的生活太封闭、太狭隘了,缺乏宽度与远见。或者,这种邪恶本身就像农作物的病害一样,会相互传染。先是一株染上了病,然后另一株也染上了。"

"可是亚莫斯……亚莫斯好像一直没有什么变化。"

"是的,而这正是引起我怀疑的原因之一,雷妮森。其他人的性格或多或少能让他们活得轻松一些。而亚莫斯一向谨小慎微,易于控制,从没有反抗的勇气。他爱伊姆霍特普,想通过努力工作取悦他。伊姆霍特普却觉得他虽然心地善良,却愚蠢、迟钝,总是轻视他。莎蒂彼也是,总是对亚莫斯百般刁难欺凌。慢慢地,他心中的怨恨和负担越积越深。他外表看起来越是温顺,心中的愤怒就越强烈。

"然后,就在亚莫斯希望他的勤勉得到回报,父亲认可他的功劳,把他立为合伙人的时候,诺芙瑞来了。或许是诺芙瑞,又或许是诺芙瑞的美貌,点燃了导火索。她攻击兄弟三人的男子汉气概;她蔑视索贝克的愚蠢,并触及了他的痛处;她把伊彼当成幼稚、粗野的小孩子，用这种方式激怒伊彼；同时向亚莫斯表示在她眼里，他根本算不上是个男人。诺芙瑞来了以后，莎蒂彼的舌头终于把亚莫斯逼得忍无可忍。她的冷嘲热讽——说他还不如她像个男人——最终让他失去了自控能力。他在这条小径上遇见了诺芙瑞，在忍无可忍的情况下，把她扔下了山。"

"可是，是莎蒂彼……"

"不，不，雷妮森，这一点你们都搞错了。莎蒂彼是在下面看见了事情的经过。现在你明白了吗？"

"可是亚莫斯当时和你一起在田里。"

"是的，那是最后那一小时。可你没意识到吗，雷妮森？诺芙瑞的尸体是冰的。你亲自摸过她的脸颊。你以为她是几分钟之前摔下去的，但这是不可能的。她当时至少死了两个小时了，要不然，在那么热的太阳底下，她的脸摸起来不可能那么冰冷。莎蒂彼看见了事情的经过，她在附近徘徊，害怕得不知该如何是好，然后她看见你过来了，就试图把你引走。"

"霍里，你是什么时候知道这些的？"

"我很快就猜出来了。是莎蒂彼的行为提示了我。她显然很怕某人或某样东西，我很快就确信了她怕的那个人就是亚莫斯。她不再欺负他，反而各方面都急于服从他。你知道，那件事令她极度震惊。亚莫斯，这个她一向看不起的最温顺的男人，竟然是杀死诺芙瑞的人。这让莎蒂彼的世界观整个都颠覆了。就像大部分泼辣的女人一样，她其实是个胆小鬼。这位全新的亚莫斯令她感到恐惧。出于恐惧，她开始在睡觉的时候说梦话。亚莫斯不久便意识到她对自己是一个威胁……

"而现在，雷妮森，你可能已经明白了你那天亲眼看到的事情的真相了吧。莎蒂彼并不是因为看到了鬼魂才摔下去的，她看到的和你今天看到的一样。她看到了紧跟着她的男人,她丈夫的脸上,露出了推诺芙瑞下山时的表情。惊恐之下,她往后退,却不慎跌了下去。而在临死前,她竭力说出诺芙瑞的名字,是想告诉你是亚莫斯杀死了诺芙瑞。"

霍里停顿了一会儿,然后接着说:"伊莎因为赫妮说的一句完全不相关的话而认清了事实。赫妮抱怨说我从不正视她,好像我是在看着她背后某种不存在的东西。她接着说到了莎蒂彼,伊莎瞬间明白了,这整个事情比我们想象的要单纯得多。莎蒂彼并不是看到了亚莫斯身后的某样东西,她看见的就是亚莫斯本人。为了验证她的这个想法,伊莎用漫不经心的话引出了这个话题。除了亚莫斯,她的那些话对其他人来说没有任何意义。如果她的怀疑是正确的,那么这也只对他一个人有意义。她的那些话令他感到惊讶,虽然他只起了短短一瞬间的反应,但这足以让她知道她的怀疑是正确的。而亚莫斯知道她起了疑心。一旦起了疑心,所有的事就都变得十分吻合,甚至那个小牧童所说的故事也是如此。一个对亚莫斯忠心耿耿的孩子愿意听从他的任何命令,甚至能在那天晚上听话地吞下让自己永远不会再醒过来的毒药……"

"哦,霍里,要我相信亚莫斯能做出这种事来实在太难了。杀掉诺芙瑞,是的,这我能理解。可是,为什么要杀掉其他的人呢?"

"这很难解释,雷妮森,人一旦心生邪念,邪恶就会像作物中掺杂的罂粟花一样盛开。亚莫斯或许一直都有某种诉诸暴力的渴望,却一直无法通过行动达成这种欲望。他看不起自己的温和、顺从。我认为,诺芙瑞的死让他感到了强大。他首先从莎蒂彼的变化上意识到了这一点。一向威胁、欺凌他的莎蒂彼,现在变得温顺而胆怯了。这让长期深藏在他心中的不满一下子爆发了出来，就像那天在这里昂首吐信的蛇一样。索贝克和伊彼，一个长得比他英俊，另一个比他聪明，因此必须除掉他们。他，亚莫斯，将成为这屋子里的统治者，成为他父亲唯一的慰藉，生存下来！莎蒂彼的死增聚了他杀戮的兴趣。这让他感到自己更有力量了，在这之后，他的理智开始逐渐丧失……然后邪恶完全占据了他的内心。

"你，雷妮森，并不是他的对手。他还是爱着你的。但是想到你丈夫要跟他分享财产，就让他难以忍受。我想伊莎同意你嫁给卡梅尼是有两方面考虑的，一是如果亚莫斯再行动的话，针对的对象可能是卡梅尼而不是你。无论如何，她相信我会留意你的安全。二是因为伊莎是个勇敢的女人，她想把这件事理出个头绪来，亚莫斯会在我的监控之下——他并不知道我在怀疑他——再次行动，这样很有可能被我逮个正着。"

"正如你刚才做的那样，"雷妮森说，"哦，霍里。当我回过头，看到他那副样子的时候，真的非常害怕。"

"我知道，雷妮森。但是我不得不这么做。只要我紧跟着亚莫斯，你就应该是安全的，可这毕竟不是长久之计。我知道如果他有机会在同一地点把你抛下山去，就一定会抓住那个机会。别人会把你的死当作鬼魂在作怪。"

"那么赫妮带给我的口信并不是你要她告诉我的？"

霍里摇了摇头。

"我并没有要人带话给你。"

"可是为什么赫妮……"雷妮森停下来，同时摇了摇头，"我不理解赫妮在这当中扮演的角色。"

"我想赫妮知道真相，"霍里若有所思地说，"今天早上她把她知道的都透露给了亚莫斯，这是一件危险的事。他利用赫妮把你引到这里来,她很乐于做这件事。因为她恨你,雷妮森……"

"我知道。"

"后来,我怀疑赫妮是不是一直坚信这一切能给她带来权力,但我认为亚莫斯不会让她活多久,或许现在她已经……"

雷妮森打了个冷战。

"亚莫斯疯了,"雷妮森说,"他鬼迷心窍了,他平时看起来不是那样的。"

"是的,但是……你记得吗,雷妮森,我告诉过你索贝克和亚莫斯小时候的故事,索贝克猛压着亚莫斯的头往地上撞,你的母亲跑过去,脸色煞白、全身颤抖地说:'这很危险。'我想,雷妮森,她的意思是这样对待亚莫斯会很危险。记得第二天索贝克就病倒了吗?他们都认为是食物中毒。我想只有你母亲,雷妮森,多少知道她那温顺的大儿子心中潜藏的怒火,而且她很害怕有一天这些会爆发出来……"

雷妮森感到不寒而栗。

"难道没有人是表里如一的吗?"

霍里对她微微一笑。

"有时候会有吧。卡梅尼和我就是,雷妮森。我想,我们两个都像你想的那样。卡梅尼和我……"

他说到最后那句话的时候显得尤为意味深长。雷妮森突然意识到,她正处在生命中的一个抉择时刻。

霍里继续说下去:"我们两个都爱你,雷妮森。这你一定知道。"

"然而,"雷妮森缓缓地说,"你还是听任家里人安排我的婚事,你什么都没说,一句话都没说。"

"是为了保护你。伊莎也是这么想的。我必须保持事不关己、中立的态度,只有这样我才能一直监视亚莫斯,不会引起他的憎恨。"霍里深情地说,"你必须理解,雷妮森,亚莫斯是我多年的朋友。我爱亚莫斯。我试图劝你父亲给予亚莫斯想要的地位和权力,可我失败了。一切都来得太晚了。尽管我内心确信诺芙瑞是被亚莫斯杀害的,但我仍试图不去相信这个事实,甚至为他的行动找出种种理由原谅他。亚莫斯,我这个内心备受折磨、郁郁寡欢的朋友,是我非常亲爱的人。后来索贝克死了,再后来是伊彼,最后是伊莎……我知道邪恶已经完全战胜了他的良知,所以亚莫斯最后死在了我的手上。迅速地,几乎没有痛苦地死去。"

"死亡,一直都是死亡。"

"不,雷妮森。现在你要面对的并不是死亡,而是生活。你将和谁分享你的生命?是和卡梅尼还是我?"

雷妮森凝视着前方,越过山谷,一直望到那泛着银光的尼罗河。

此刻,她的眼前非常清晰地浮现出那天在船上,卡梅尼面对她坐着,露出微笑的脸庞。

英俊、强壮、快乐……她再度感到自己的血脉在欢愉地跳动。她在那一刻是爱着卡梅尼的。她现在也爱他。卡梅尼可以取代凯伊在她生命中的地位。

她想:我们会幸福地在一起。是的,我们会很幸福。我们会愉快地生活在一起,生下强壮、漂亮的孩子。会有忙不完的日子……还有在尼罗河上泛舟的快乐生活……生活会像我和凯伊在一起时那样……我还能再渴望些什么呢?还有什么比这更是我想要的?

然后她缓慢地,确实非常缓慢地,把脸转向霍里,那无声的寂静仿佛在问他一个问题。

他好像明白了她的心意，回答说："当你还是个孩子的时候，我就爱着你。我爱你那张凝重的脸，还有你跑来让我帮你修理坏掉的玩具时那种自信。之后，在这八年的离别之后，你又回来了，坐在这里，告诉我你心中的想法。而你的心思，雷妮森，不像你家其他人的心思，不是那种沉溺于自我，总想紧守在自己狭隘的围墙之内的心思。你的思想和我的很像，能够越过尼罗河，发现一个不断变化、充满新思想的世界；发现一个对有勇气和远见的人来说，一切皆有可能的世界……"

"我知道，霍里，我知道。和你在一起的时候我能感受到这些。但并不是总能这样，有时我无法跟上你的思维，那让我感到很孤独……"

她停下来，或许是因为无法找到恰当的词语来描绘她复杂的想法。跟霍里在一起的生活会是什么样子？她不知道。尽管他很温柔，尽管有对她的爱，但他仍有许多方面让她难以预料，无法理解。他们会在一起分享美妙而充实的时光，但是他们的日常生活会是什么样子的？

她冲动地把手伸向他。

"哦，霍里，你来替我决定。告诉我该怎么办！"

他冲她微微一笑，或许是最后一次对孩童时期的雷妮森的那种笑。但他并没有握住她的手。

"我不能告诉你如何选择，雷妮森。因为这是你的生活，只有你自己才可以决定。"

她意识到她得不到任何帮助。他没有像卡梅尼那样直接而快速地攻克她。要是霍里稍微碰碰她……但他并没有碰她。

这项抉择忽然以一种最简单的形式呈现在她眼前：轻松的生活或是困难的生活。她有一种强烈的渴望，想要立即转身走下那条蜿蜒的小径，回到下面那熟悉的、快乐的日常生活里去——她以前和凯伊度过的生活。那里有的是安全，分享每日的忧伤和快乐，除了生老病死外，没有什么好害怕的……

死亡……她又从对生活的思考中绕回到了死亡。凯伊已经死了。卡梅尼，或许也会死，而他的脸，像凯伊的一样，也会慢慢从她的记忆中消逝……

然后她看着静静站在她身旁的霍里。奇怪，她心想，她从来没有真正了解过霍里到底是什么样的人……她从不需要知道……

然后她开口了，语气就像她很久以前宣称自己要独自在日落时走下山时一样坚定。

"我已经做好了决定，霍里，我要跟你共享生活的一切，不管是好是坏，直到死亡来临……"

他的手臂拥抱着她，脸颊贴着她的脸颊，这种甜蜜让雷妮森的心中充满了勃勃生机。

如果霍里死了，她心想，我不会忘记他。霍里是我心中一首永不休止的歌，这也意味着，不再会有死亡……

Death Comes as the End
Copyright © 1944 Agatha Christie Limited. All rights reserved.
© 2013 Letter for Chinese Reader, New Star Edition by Mathew Prichard.
All rights reserved.
www.agathachristie.com
AGATHA CHRISTIE, *Agatha Christie* and the AC Monogram Logo are registered trade marks of Agatha Christie Limited in the UK and elsewhere. All rights reserved.
Published by agreement with ACL.
Simplified Chinese edition copyright: 2023 New Star Press Co., Ltd.

图书在版编目（CIP）数据

死亡终局 /（英）阿加莎·克里斯蒂著；元天瑶译．——2 版．——北京：新星出版社，2023.3

ISBN 978-7-5133-3934-6

Ⅰ．①死… Ⅱ．①阿… ②元… Ⅲ．①侦探小说-英国-现代 Ⅳ．①I561.45

中国版本图书馆 CIP 数据核字（2022）第 091859 号

午夜文库
谢刚 主持

死亡终局

[英] 阿加莎·克里斯蒂 著；元天瑶 译

责任编辑：王 萌	统筹编辑：王 欢
责任校对：刘 义	责任印制：李珊珊
封面插画：宣 和	装帧设计：周伟伟

出版发行：新星出版社
出 版 人：马汝军
社　　址：北京市西城区车公庄大街丙3号楼　100044
网　　址：www.newstarpress.com
电　　话：010-88310888
传　　真：010-65270449
法律顾问：北京市岳成律师事务所

读者服务：010-88310811　service@newstarpress.com
邮购地址：北京市西城区车公庄大街丙 3 号楼　100044

印　　刷：三河市兴达印务有限公司
开　　本：910mm×1230mm　1/32
印　　张：8
字　　数：112千字
版　　次：2023年3月第二版　2023年3月第一次印刷
书　　号：ISBN 978-7-5133-3934-6
定　　价：42.00元

版权专有，侵权必究；如有质量问题，请与出版社联系调换。